L'HÉRITIER

DU

DUC JEAN

4e SÉRIE GRAND IN-8e

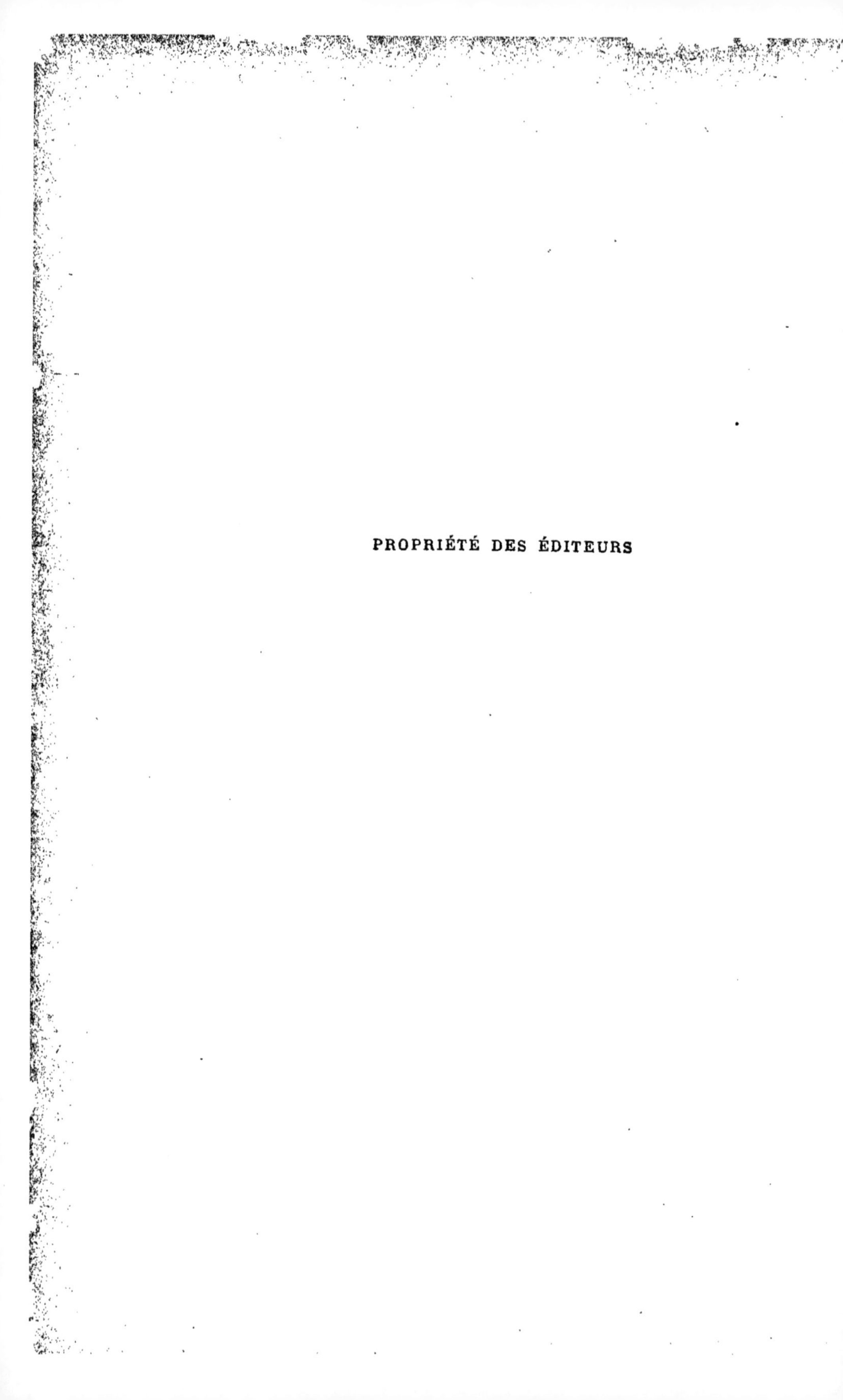

« C'est le duc Jean, » expliqua le concierge. (P. 21.)

L'HÉRITIER

DU

DUC JEAN

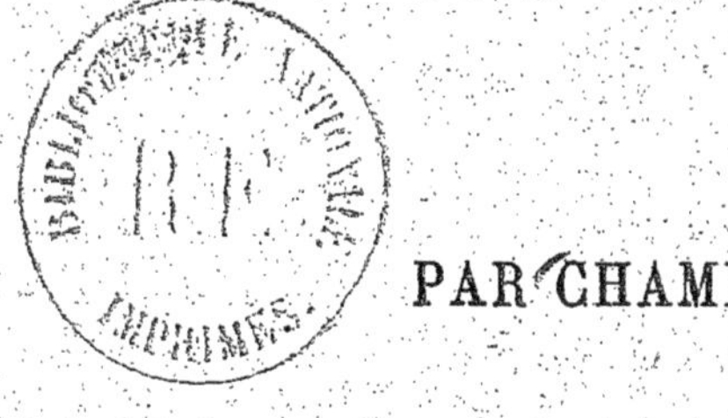

PAR CHAMPOL

TOURS

MAISON ALFRED MAME ET FILS

L'HÉRITIER

DU

DUC JEAN

I

Je passe pour un brave homme et un bon père de famille, ma sœur Marguerite est la meilleure et la plus charmante des femmes; je puis donc avouer maintenant qu'à une période déjà lointaine de notre jeunesse nous avons été, elle une petite pimbèche, moi un nigaud prétentieux, la pire espèce des sots.

Il faut dire que nous traversions alors l'âge si justement appelé « l'âge ingrat ». Celui-là nous jette la première pierre qui n'a jamais eu, entre treize et dix-sept ans, la tournure disgracieuse, les mouvements gauches, le corps mal équilibré, l'esprit plus mal équilibré encore, singulier ramassis de naïfs enfantillages et d'aspirations vaniteuses. — Cette crise passée, le tassement se fait, l'ordre se rétablit, les membres et les idées reprennent leur aplomb, et de cet étrange chaos sort l'être définitif, l'homme ou la femme, souvent très différent de l'enfant, de l'adolescent qu'il a été.

Tous les parents savent cela, et sans se décourager suivent avec sollicitude les phases de cette transformation.

Quant aux étrangers, ne s'occupant que du présent, ils trouvent la chrysalide fort vilaine et qualifient d'affreux volatile le pauvre oiselet qui fait sa mue.

Je songe encore parfois avec stupeur à nos ridicules, à l'effet qu'ils devaient produire sur le public, et je ne puis m'empêcher de rire lorsque je nous revois, tels que nous étions alors, dans une vieille photographie datant de cette époque, que j'ai conservée avec soin.

Je suis debout; je me hausse tant que je peux sur la pointe de mes pieds, très vexé d'être encore, malgré mes seize ans, un gros petit bonhomme à la figure poupine, sans l'ombre de moustache. En revanche, j'ai sur le nez un lorgnon, retenu par une pénible grimace, une fleur à la boutonnière, une badine en main. Je porte une jaquette à la dernière mode de 1875, et mon chapeau à haute forme apparaît posé négligemment sur le coin de la table où je m'accoude.

Devant cette même table, Marguerite est assise. J'avais insisté pour la faire asseoir; on aurait vu sans cela qu'elle me dépassait de toute la tête, bien que ma cadette d'un an.

Elle se penche sur un album qu'elle feuillette avec grâce. On voit qu'elle a étudié son attitude, soigné sa toilette et qu'elle sort de chez le coiffeur. C'est grand dommage qu'elle soit longue, longue..., et maigre..., maigre, avec des bras interminables, un cou qui n'en finit plus..., une véritable araignée.

Mais ce que nous avons de mieux, ce qui nous est commun, c'est notre petit air d'imperturbable assurance, de parfait contentement de nous-mêmes, d'absolu dédain pour tout ce qui gravite en dehors de notre orbite.

On ne peut posséder cette inénarrable suffisance que lorsqu'on ne sait encore rien de la vie, des autres ni de soi-même, qu'on n'a jamais rien vu, compris, senti ni pensé, qu'on ignore jusqu'à sa propre âme, instrument dont nul effort n'a démontré encore la puissance ou la faiblesse, les ressources ou les défauts.

Tel, en effet, se trouvait alors notre cas.

Nous avions perdu notre mère trop jeunes pour qu'elle nous eût laissé un souvenir, et par conséquent un regret sérieux.

Notre père était le meilleur des pères, mais il était aussi marchand de bois en gros à Besançon, et, travaillant du matin au soir pour nous gagner une grosse fortune, il n'avait guère le loisir de s'occuper de notre éducation. Faute de mieux, cette tâche restait dévolue à Mlle de Saint-Espérit, l'institutrice de ma sœur, assistée pour la partie matérielle de notre vieille femme de charge, la mère Crustaud.

Adjonction utile s'il en fût! Sans la mère Crustaud nous aurions eu souvent, je crois, les mains sales, les vêtements en désordre et l'estomac vide, car Mlle Saint-Espérit posait en théorie que les détails pratiques de l'existence sont choses méprisables, auxquelles ne peut s'arrêter un esprit supérieur.

Malgré ses cinquante ans passés, quoi qu'elle en dît, la bonne demoiselle conservait une fraîcheur d'impressions, une vivacité d'enthousiasme, une poétique envolée d'âme qui l'emportaient loin des vulgaires préoccupations, la faisaient vivre dans un monde imaginaire, dans un rêve perpétuel, transformant, embellissant, idéalisant à ses yeux l'univers et jusqu'à sa propre personne.

Elle était parfaitement myope, ce qui aidait à ses illusions. Je la vois encore d'ici, mirant d'un air satisfait à toutes les glaces qu'elle rencontrait sa grande figure blafarde, ses cheveux mal peignés, d'un roux blanchi, et sa robe fripée, habituellement percée au coude.

Elle avait une manière de se draper dans un vieux cachemire en loques, précieux héritage de famille, qui sentait la tragédie d'une lieue, et, bien qu'absolument sincère, elle paraissait toujours jouer un rôle, tant sa manière d'éprouver et d'exprimer les choses était outrée, forcée, dépassait la mesure. Elle ne s'exaltait d'ailleurs ainsi que sur les grandes idées et les grands sentiments; esprit élevé, mais sans pondération, cœur généreux qui battait la breloque.

A ce contact j'avais fini par devenir, moi aussi, ou plutôt par me croire un être poétique et supérieur.

J'achevais alors péniblement ma seconde au lycée de Besançon. Les beaux noms de l'histoire, les mots ronflants, les rimes sonores commençaient à charmer mon imagination naïve, et j'alignais pendant mes heures d'étude des vers dépourvus de sens, des strophes dépourvues de rythmes, des poèmes sans queue ni tête qui enthousiasmaient Mlle Saint-Espérit.

« Monsieur Ravenot, votre Léon a l'étoffe d'un poète! » disait-elle à mon père avec des larmes dans la voix.

Mon père, plongé dans ses comptes, relevait la tête pour me contempler non sans un doux orgueil. La littérature ne se trouvant pas de son ressort, il s'en fiait là-dessus à Mlle Saint-Espérit, qui était de la partie, et j'admirais d'autant plus la perspicacité de la bonne demoiselle, que seule jusqu'ici elle avait su discerner l'étendue de mes mérites.

Au retour du collège, où l'on m'appelait familièrement « pataud », il m'était infiniment agréable de l'entendre s'écrier, en me couvant d'un regard attendri :

« De l'esprit!... De l'élégance!... Des goûts de grand seigneur! Beau cavalier avec cela! Ce sera le prince charmant!... »

Elle le croyait, l'excellente fille, s'illusionnant sur mon compte comme sur tout le reste, et je finissais par me laisser gagner à ses folles rêvasseries, par m'élever avec elle dans une sphère aristocratique, intellectuelle, idéale, où nous nous retrouvions je ne sais pourquoi, où nous planions ensemble au-dessus du commun des mortels, des magasins de mon père, de tout notre entourage prosaïque et bourgeois.

Ma sœur Marguerite nous ramenait parfois brusquement à la réalité. Marguerite, elle, était plus particulièrement l'élève de la mère Crustaud. Elle se vantait de voir les choses du côté sensé, pratique, réaliste, et la face osseuse de la mère Crustaud, rugueuse, craquelée comme un vieux papier d'emballage, s'épanouissait dans son bonnet noir quand Marguerite répétait d'un ton tranchant :

« Moi, d'abord, je n'épouserai qu'un millionnaire. »

Elle disait cela, la pauvre chérie, comme elle eût dit tout le contraire, n'ayant pas plus idée de ce qu'était le mariage que de ce qu'était l'argent, mais croyant la maxime jolie, piquante, du dernier modernisme, et la bonne mère Crustaud se pâmait d'aise à cette raison précoce.

« M'âmie, que vous êtes donc sage !

— Et puis, continuait Marguerite, je veux des robes, des bijoux, un grand train de maison, des dîners, des soirées !...

— Vous en aurez, m'âmie. Faite comme vous l'êtes, vous ne manquerez pas de succès dans le monde. »

Appelés tous deux à de si brillantes destinées, nous nous croyions tenus de nous y préparer déjà.

Marguerite, Meg, comme elle se faisait appeler, échangeant contre l'affreux diminutif britannique son joli nom si français, étudiait dans les rares romans qui lui tombaient sous la main les types de belles mondaines, et s'appliquait à s'y conformer sans en omettre aucun des sémillants défauts. Comme sa bonne petite nature honnête ne la portait guère à la coquetterie, à la frivolité, à l'impertinence de bon ton, elle réussissait médiocrement dans cette affectation perpétuelle qui la fatiguait beaucoup.

Mon rôle d'âme sensible et romanesque ne laissait pas d'avoir aussi quelques inconvénients, mais rien ne refroidissait notre ardeur, et nous étions dédommagés de nos peines par la conscience de notre écrasante supériorité sur tout ce qui nous entourait.

Nous ne pouvions nous défendre d'une douce pitié à voir notre pauvre père parcourir ses chantiers en petit appareil, gourmander ses ouvriers avec son fort accent franc-comtois, mettre parfois la main à l'œuvre, en homme qui, ayant fait lui-même sa fortune, connaît le métier à fond, et ne craint pas de rappeler ses anciennes habitudes. La vie modeste et retirée que nous menions était fort peu en harmonie avec nos aspirations ambitieuses, et nous nous trouvions aussi à l'étroit dans la maison paternelle que des aiglons dans un poulailler.

Il faut le dire, elle n'était pas belle la vieille maison que les Ravenot habitaient de père en fils. Sa façade donnait sur une des plus tristes rues de Besançon, et le derrière sur une cour boueuse au fond de laquelle étaient situés les bureaux. Ouvriers, employés, chariots, tout passait par notre porte cochère, et nous nous indignions de cette promiscuité inélégante, de ce train de commerce étalé complaisamment aux yeux des visiteurs.

Ceux-ci n'étaient guère, il est vrai, que des clients, d'autres marchands de bois, de gros entrepreneurs. Souvent mon père les retenait à déjeuner. Au dessert on concluait le marché, verre en main, avec la formule sacramentelle :

« Topez là, papa Ravenot. »

Papa Ravenot! A cette appellation, mes instincts aristocratiques se révoltaient, et Meg fronçait dédaigneusement les sourcils.

« C'est l'usage dans le commerce, » alléguait timidement mon père.

Et nous de nous écrier :

« Ce n'est pas moi qui voudrais être dans le commerce! »

A quoi mon père répondait avec son bon sourire :

« J'ai assez travaillé pour que vous ne fassiez rien, et je compte bien moi-même prendre ma revanche un de ces jours. »

Il disait cela, il parlait de céder son fonds, de vendre sa maison, d'acheter une belle propriété dans le pays; mais il serait mort d'ennui hors de son cabinet de travail poussiéreux, de ses chantiers, de ses habitudes de soixante ans, et, pour le décider à prendre un parti, il ne fallut rien moins que le conseil du médecin, qu'inquiétait la croissance exagérée de ma sœur, et mon obstination à demeurer à l'état de boule.

« Monsieur Ravenot, déclara-t-il à mon père, vos enfants ont besoin d'air, d'exercice, de la campagne enfin! »

Mon père se tut, mais il était profondément impressionné, et très vite l'idée fit son chemin. Quelques semaines plus tard, le jour même où j'entrais en vacances, il nous arriva radieux après une absence de quarante-huit heures, et avant même de s'asseoir il nous cria joyeusement :

« Je viens de Montbéliard. J'ai fait affaire, mes enfants, une affaire superbe! Des bois, oh! des bois! »

Nous restions indifférents.

« Des prés, des champs, des fermes..., jusqu'à une rivière ! »

Nous commencions à dresser l'oreille.

« Et un château, acheva-t-il négligemment, un joli château ! »

Tous deux nous lui sautions au cou.

« C'est une surprise, déclara-t-il, heureux de notre bonheur. Je n'ai rien voulu dire d'avance, tant je craignais qu'on ne m'enlevât le morceau. Sans des circonstances particulières, je n'aurais jamais eu cela à si bon compte, avec des bois pareils, tout d'un tenant! »

Le commerçant se réveillait en lui, mais les bois ne nous intéressaient guère.

« Et le château, papa, le château?

— Oui, le château, répéta Mlle Saint-Espérit. Ancien, je l'espère! A-t-il du cachet, de la vue, des souvenirs?

— De tout, de tout, répliqua mon père. Il y a des fossés, des terrasses, des sculptures, une chapelle, un mur d'enceinte, deux murs d'enceinte, une espèce de pont-levis. Oh! c'est antique.

— Tant mieux, reprit Mlle Saint-Espérit, hochant la tête avec satisfaction. J'aime à retrouver les traces des preux d'autrefois, à vivre de leur vie dans les lieux qu'ils connurent, à succéder en quelque sorte à leur grandeur disparue. »

Je me rengorgeai, Meg sourit, mon père lui-même parut flatté et reprit avec un peu d'ostentation :

« Pour bien habité, ç'a été bien habité. Il s'agit tout bonnement de l'ancien château des ducs de Sommerive. »

Meg se trémoussait d'aise; je restais immobile d'émotion. Mlle Saint-Espérit, d'un geste ample, frappait son front du doigt comme pour en faire sortir quelque chose.

« Som!... murmura-t-elle. Ce nom est, Dieu merci, connu. On le retrouve à chaque page dans l'histoire de notre belle Franche-Comté. Les Sommerive descendaient, je crois, de nos anciens suzerains. Cette noble famille est éteinte, n'est-ce pas?

— Par bonheur! reprit naïvement mon père. Sans cela je n'aurais jamais eu le domaine à si bon marché. Le château était fermé depuis vingt ans à la suite de la mort du dernier propriétaire, dans des circonstances tragiques. »

Les yeux ternes de Mlle Saint-Espérit scintillèrent comme des étoiles pâles, et je m'écriai :

« Quelles circonstances?

— Oh! une histoire extraordinaire qui m'est entrée par une oreille et sortie par l'autre. Je ne retiens pas ces choses-là, répondit mon père avec indifférence. Le prix de la vente revenait aux pauvres. Le notaire était pressé de conclure; j'ai acheté tout en bloc, immeubles, meubles et accessoires. A peine s'il y a quelques réparations à faire pour compléter notre installation.

— Quand irons-nous à Sommerive? demanda Meg.

— Quand vous voudrez. Sitôt que mes occupations me le permettront, j'irai vous rejoindre et voir mes bois. Ah! la bonne affaire, mes enfants, la bonne affaire! »

II

Je me rappelle comme d'hier notre arrivée à Sommerive, dans une grande calèche armoriée, traînée par un maigre attelage de rencontre, qui était venue nous prendre à la gare.

Nous montions pour la première fois dans notre équipage, et Meg se renversait avec aisance dans le fond de la voiture, tandis que je me tenais sur le devant, raide comme un pieu, dévisageant les passants pour me rendre compte de l'effet produit.

Mlle Saint-Espérit s'extasiait sur le paysage; la mère Crustaud, encombrée de paquets, des genoux au menton, tournait péniblement la tête de temps en temps, et murmurait :

« La terre est bonne par ici tout de même! »

Le soleil resplendissait, un radieux soleil d'août; mais malgré sa brûlure on sentait passer un air léger et vif qu'on eût dit imprégné de la fraîcheur des neiges, de l'âcre parfum des plantes alpestres. Nous nous enfoncions dans cette région pittoresque et imposante qu'on appelle la haute montagne, et qui se ressent déjà du voisinage de la Suisse. A mesure que nous avancions les villages se faisaient plus rares, les champs et les prés cédaient la place aux bois, taillis verdoyants, forêts sombres, qui tapissaient les vallées, les flancs des collines, couronnaient les cimes de leurs sapins noirs. La mère Crustaud admirait maintenant l'altitude des chênes rouvres, des frênes, des hêtres géants.

« Voilà de bonnes bûches, » disait-elle avec jubilation.

Nous venions d'entrer sur nos terres, et par les routes défoncées, où le soleil avait durci comme de la pierre les boues de l'hiver dernier, les rudes montées, les périlleuses descentes, il fallut encore trois bons quarts d'heure pour parvenir jusqu'à Sommerive.

Nous traversâmes le bourg, une poignée de masures éparpillées au hasard dans la vallée. Nos chevaux poussifs avaient subitement pris le galop, nous laissant à peine distinguer au passage le clocher branlant de l'église, le drapeau fané de la mairie, la statue noircie de saint Joseph désignant l'école; nous enfilâmes une grande avenue, le château se trouva devant nous.

Tous, hormis la mère Crustaud, nous nous penchions, regardant avidement.

Pas de déception. L'aspect grandiose de Sommerive nous charma tout de suite, malgré sa mélancolie. Situé dans un bas-fond, entre des montagnes qui l'abritaient du vent et des orages, le château présentait un ensemble irrégulier et superbe, se ressentant de ses restaurations successives. Mon père disait vrai, il y avait de tout : des fenêtres sculptées Renaissance et des portes Louis XIII; un fronton de pierre, des tours et des tourelles; un donjon et une galerie à jour. La façade principale donnait sur une cour intérieure, où l'on pénétrait par un vaste porche orné d'un écusson monumental. En passant sous cet écusson, je tressaillis. Il me semblait que j'entrais dans une vie nouvelle, dans une catégorie différente, que je recevais une investiture, quelque chose comme le sacre des rois de France.

Je descendis de voiture, je traversai le vestibule, je montai le grand escalier de pierre à rampe ouvragée, et je me trouvai dans un immense salon lambrissé de chêne, sombre malgré ses huit fenêtres, triste et froid malgré son ameublement jadis curieux. Le temps et la mort avaient passé sur ces splendeurs. Les dorures s'étaient éteintes, les tentures s'étaient fanées; l'humidité et l'abandon avaient fait leur œuvre. Nulle trace d'habitation ne demeurait. Les voix, les pas résonnaient avec une sonorité lugubre dans le silence sépulcral.

Meg, incapable de s'arrêter à ces remarques, courait de-ci et de-là, répétant avec un entrain un peu forcé :

« C'est archaïque! »

Mot nouvellement appris qu'elle jugeait bien en place.

Arrivée à Sommerive.

Mlle Saint-Espérit s'était laissée tomber sur une bergère, roulant des yeux éteints et murmurant des phrases sans suite qui dépeignaient l'admiration la plus vive et la plus poignante émotion. La mère Crustaud, ayant rangé méthodiquement ses paquets sur une table, passait sa main sur l'étoffe des sièges pour en constater la solidité, et je restais sans un mot, ahuri, glacé d'émotion, marchant comme dans un rêve.

Ces terres à perte de vue, ce château, ces tapisseries, ces

reliques du passé m'appartenaient, devenaient mon apanage. Je remplaçais les anciens châtelains, je me trouvais en quelque sorte leur héritier, leur descendant; je devenais un peu le duc de Sommerive, et, pris d'une hallucination béate, je m'attendrissais stupidement sur mes nouveaux ancêtres, sur moi-même, sur le passé, sur l'avenir. Une gloriole me montait au cerveau, qui me grisait. J'avais envie de faire preuve de mon importance, d'exercer des droits, de commander à quelqu'un, et quand je recouvrai la parole, mon premier mot fut, d'un ton assez impérieux :

« Ah çà! n'y a-t-il donc ici personne à qui parler?

— A vos ordres, Monsieur. »

Je me retournai.

Un vieux bonhomme grassouillet, propret, souriant, accourait en sautillant, un trousseau de clefs à la main.

« Vous êtes mon concierge? » dis-je en le dévisageant d'aussi haut que je pus.

Il salua, et je crus remarquer qu'il me dévisageait aussi; mais j'excusai cette curiosité fort naturelle, étant donnée l'importance de mon personnage.

« Allons, mon brave, repris-je avec une affabilité condescendante, indiquez-nous les appartements que vous nous avez préparés selon les instructions de mon père. »

J'avais envie de dire « monsieur mon père »; mais je me retins, ce rustaud n'eût pas compris les délicatesses du beau langage d'autrefois.

Il eut un petit clignement d'œil malicieux; puis, reprenant son air patelin, il marcha devant nous, sortit du salon, grimpa lestement l'escalier, longea un couloir, ouvrit une demi-douzaine de portes, et s'effaça pour nous livrer passage.

Nous parcourions hâtivement nos logis.

« C'est délicieux, c'est adorable, cria ma sœur, épuisant son répertoire.

— Quelle vue! » soupira Mlle Saint-Espérit, s'accoudant à sa fenêtre, d'où l'on n'apercevait qur les toits de l'écurie et un grand sapin tout jaune presque mort.

La mère Crustaud, qui était méfiante et asthmatique, fronça le sourcil en disant avec dédain :

« Pourquoi nous faire monter si haut, quand la place ne manque pas au premier?

— Oui, pourquoi? reprit Meg, passant de l'enthousiasme à l'aigreur. Il me faut la chambre la plus confortable!

— Où sont les appartements d'honneur? m'écriai-je, indigné de ce manque d'égard.

— C'est que, dit le concierge hésitant, au premier ce sont les appartements du duc de Sommerive, du duc Jean.

— Eh bien! répliquai-je d'un ton impérieux, menez-nous-y tout de suite. Peut-être pourrons-nous nous en contenter. »

Je tenais avant tout à ne pas paraître étonné ni émerveillé de rien, à afficher l'air dégagé, imposant, un peu dédaigneux, d'un héritier de grande race, habitué aux raffinements du luxe, à l'exercice du commandement.

Notre guide eut encore son clignement d'œil gouailleur, et sans autre observation il redescendit l'escalier, s'arrêta au premier étage, ouvrit une porte à deux battants, et nous fit traverser plusieurs pièces en enfilade qui occupaient l'aile gauche du château dans toute sa longueur.

C'était d'abord la bibliothèque du duc Jean, puis une grande chambre où je reconnus plusieurs appareils bizarres que j'avais vus au lycée dans le cabinet de physique et de chimie.

« Le laboratoire, » nous dit le concierge.

Puis un immense atelier garni du haut en bas de tableaux, d'études, de plâtres. Des toiles demeuraient encore sur les chevalets, des cahiers de musique sur un grand piano à queue, un violoncelle abandonné dans un coin. Le portier s'arrêtait, donnant des explications. Ces tableaux avaient été peints par le duc Jean; ces instruments de musique lui avaient appartenu, car il était grand musicien, grand liseur aussi, grand savant dans tous les genres.

Le bonhomme discourait posément, n'omettait aucun détail, graduant ses effets comme s'il eût récité un boniment appris par cœur à la façon des gardiens du musée. On voyait qu'il avait l'habitude d'avoir affaire au public, d'exploiter à son bénéfice les curiosités architecturales de Sommerive et la mémoire de ses anciens habitants.

« Avez-vous connu ce duc Jean? demanda Mlle Saint-Espérit déjà remuée.

— Non, Mademoiselle; mais mon oncle, qui était ici avant moi, a passé bien des années à son service, et il m'en a tant parlé, que c'est tout comme si je l'avais connu.

— Race de bons et fidèles serviteurs, » murmura Mlle Sainte-Espérit, fixant avec émotion la face rusée du bonhomme.

Après l'atelier, une salle de bain luxueusement aménagée, une chambre à coucher très simple, la chambre du duc Jean, et une autre pièce plus vaste, plus claire, plus riche, qui parvint enfin à me satisfaire.

Des livres bien reliés remplissaient une vitrine, des bibelots d'art encombraient l'étagère; aux murs étaient suspendus des panoplies d'armes et des trophées de chasse.

« Je veux loger ici, m'écriai-je.

— Voici bien, en effet, le séjour qui convient à un jeune homme, prononça Mlle Saint-Espérit. Tout y parle de loisirs studieux et de nobles délassements. Qui donc habitait cette chambre?

— M. Louis de Sommerive, le frère du duc Jean, » répliqua le concierge, appuyant sur les mots.

Mon instinct aristocratique ne m'avait point trompé. Je me trouvais à ma véritable place, la place de l'héritier présomptif, et me hâtant de prendre possession, malgré les protestations de Meg, qui prétendait me disputer ma conquête, je m'étalais déjà paresseusement sur un petit canapé de damas jaune.

« Qu'est-ce qu'il y a donc sous votre tête? » demanda la mère Crustaud, dont les yeux de ménagère furetaient partout.

Je me relevai vivement. A la place où je m'appuyais s'étendait une large tache brunâtre qui avait résisté évidemment à des nettoyages répétés.

La mère Crustaud s'approcha, tâta, gratta.

« On dirait du sang, dit-elle étonnée.

— C'est du sang, en effet, » répliqua le concierge d'une voix creuse qui ajoutait à l'horreur de cette déclaration.

J'avais bondi en arrière. Mlle Saint-Espérit défaillait sur l'épaule de Meg effarouchée. La mère Crustaud elle-même paraissait troublée.

Fier de la sensation produite, le narrateur continua dans un chuchotement sépulcral :

« C'est ici que M. Louis de Sommerive s'est tué. Mon oncle l'a vu mort, étendu sur ce canapé, avec sa gorge ouverte. »

Tous nous avions un petit frisson, pris de peur à cet affreux tableau, au souvenir de ce drame qui s'était passé si près de nous, dont nous venions de toucher du doigt les funestes vestiges; et, comme je me détournais précipitamment, je me trouvai en face d'un buste de marbre blanc de grandeur naturelle, posé sur une console que je n'avais pas aperçue.

Œuvre d'un grand sculpteur assurément, cette tête d'homme, aux traits réguliers, à l'air imposant, avait cette sorte de vie pâle et glacée que l'art donne aux statues. Dans les portraits, on retrouve les modèles tels qu'ils ont été, surpris dans leurs attitudes familières; on les dirait prêts à sortir de la toile, à parler, à reprendre leurs occupations ordinaires. Le marbre leur imprime une solennité impressionnante, une funèbre majesté; on ne devrait jamais représenter ainsi que des morts illustres, au grand jour des places publiques, sous la lueur mystérieuse des vitraux d'église ou dans un cadre architectural qui leur soit approprié.

Cette figure blanche comme celle d'un trépassé qui surgissait en face de moi, et dont les yeux sans regard me parurent fixer avec mélancolie la tache de sang du canapé, m'impressionna étrangement dans la disposition d'esprit où je me trouvais.

« C'est le duc Jean, expliqua le concierge, devançant ma question.

— Qu'il est beau! s'écria Mlle Saint-Espérit d'une voix tremblotante. Quel profil admirable! Quelle physionomie martiale et sympathique! Pourriez-vous me dire, mon ami, ce qu'il est devenu ce noble gentilhomme?

— Il est mort lui aussi, pas bien longtemps après l'événement, pendant un voyage qu'il avait fait pour se distraire, reprit le concierge avec un hochement de tête attendri. Depuis son malheur il n'était plus le même, il n'avait jamais voulu revenir à Sommerive, et par son testament il a tout laissé aux pauvres. Des parents éloignés ont élevé des chicanes. C'est ce qui a empêché qu'on ne vendît plus tôt la terre. N'importe, voilà une famille qui a bien tristement fini. »

Sur cet axiome, notre guide se tut, ayant achevé de réciter son discours, et il fut impossible de lui arracher aucun renseignement supplémentaire. Il ne savait rien que par ouï-dire, et se trouvait au bout de son rouleau. Il referma l'appartement de sinistre mémoire et s'en fut rejoindre à la cuisine sa femme, qui préparait notre souper.

Sans plus songer à protester, nous avions regagné notre premier logis, et Mlle Saint-Espérit, la main sur son cœur, ne tarissait pas en lamentations élégiaques.

« Pauvre jeune M. Louis! répétait-elle larmoyante. Quelle rage a pu le pousser à se détruire! Infortuné duc Jean! je comprends qu'il n'ait pu survivre à cette catastrophe. J'en voudrais savoir les détails. Mais je ne sais si j'aurais la force de les supporter, j'ai déjà des palpitations. »

Elle avait dénoué ses cheveux, ce qui était son plus grand signe de douleur, et, affaissée sur un siège, elle nous menaçait de se trouver mal.

Heureusement que le dîner se trouva prêt.

A un esprit romanesque, Mlle Saint-Espérit joignait un appétit formidable. Elle dévora tant et si bien, qu'elle n'eut plus le temps de gémir. Quant à Meg, elle savait qu'une jolie femme doit être frivole, et, secouant ses papillons noirs, elle parlait de ses chapeaux, qui n'avaient pas souffert du transport, et des visites à faire dans le voisinage.

J'étais le plus frappé. Ce duc Jean, dont le nom revenait toujours (un si joli nom!); ce M. Louis qui était étendu la gorge ouverte sur mon canapé, me hantaient, me poursuivaient, m'obsédaient littéralement. J'avais un ardent désir, en même temps qu'une peur invincible, d'en apprendre plus long.

A mesure que la nuit tombait, ma rêverie devenait plus troublée. Les ducs de Sommerive, ces illustres prédécesseurs dont j'étais si fier, m'apparaissaient prestigieux et terribles, avec des allures de spectres et des airs de Barbe-Bleue. Ce drame, nouveau pour moi, me semblait ne dater que de la veille, et je m'attendais sans cesse à en retrouver quelque autre trace, à en voir revivre les péripéties.

Après dîner, nous étions passés sur la terrasse. La lune éclairait confusément de ses rayons blancs le parc sombre qui nous entourait, la masse confuse des coteaux tout proches qui fermaient notre horizon.

Surexcitée par ce spectacle, Mlle Saint-Espérit déclamait les vers suivants :

> J'aime le son du cor, le soir, au fond des bois,

avec les intonations les plus tragiques, les gestes les plus caricaturesques.

Mais je n'avais nulle envie de m'en égayer.

Ses trémolos me pénétraient; ses mouvements désordonnés, soulevant ou faisant flotter les pans de son grand châle, me produisaient un effet désagréable, et quand elle lança l'apostrophe :

> Roncevaux, Roncevaux, dans la sombre vallée,
> L'ombre du grand Roland n'est donc point consolée?

il me sembla entendre passer dans le vent une plainte, voir remuer quelque chose entre les silhouettes noires des arbres, voir descendre de la montagne un nuage, une forme, et je pensai vaguement à une ombre aussi inconsolée que celle du Paladin.

« Allons nous coucher, » disait Meg, qui s'efforça de justifier son empressement en alléguant : « Les vapeurs du soir gâtent le teint. »

Et pour arracher Mlle Saint-Espérit à sa contemplation nocturne, je promis :

« Nous reviendrons demain matin admirer ici le lever du soleil. »

III

Le lendemain, en effet, tout le monde fut sur pied de bonne heure.

Avant midi nous avions parcouru la maison et le jardin dans leurs moindres détails.

Au grand soleil clair du matin, les impressions lugubres s'évanouissaient. Les grands arbres du parc n'avaient d'autre mystère que celui des nids éveillés et piaillants ; sur les collines n'apparaissaient d'autres formes blanches que celles des moutons et des chèvres paissant l'herbe maigre sur la lisière des forêts.

Munie de son trousseau de clefs, la mère Crustaud allait et venait, jupe retroussée, bonnet sur l'oreille, procédant à notre installation avec un sens pratique admirable.

« Il faudra faire bien des changements, fermer la moitié du château, grommelait-elle, inquiète. C'est trop grand ! Cela coûtera trop de chauffage et de luminaire. On dirait une maison faite exprès pour y gaspiller son argent. »

Le duc Jean était bien vieux, bien loin, bien oublié ! Notre règne commençait. Nous mourions d'envie d'en jouir, de nous manifester aux bons villageois, de recueillir le tribut de leurs hommages.

A force de jouir des beautés de la nature, de marcher dans la rosée, de se mettre à quatre pattes pour cueillir des pâquerettes, de baiser toutes les roses, de poursuivre les papillons, Mlle Saint-Espérit avait gagné une forte migraine. Après un déjeuner copieux, elle se retira dans ses appartements, emportant sur son cœur une colombe blanche ravie au pigeonnier, et j'offris à Meg de commencer dès cet après-midi nos explorations dans le voisinage.

Elle y consentit volontiers, et, très fiers de notre indépendance, nous nous mîmes en route.

Meg était en grande toilette; j'avais arboré un costume de coutil et un casque blanc, vrai négligé de gentilhomme campagnard. Nous marchions majestueusement sur la route poussiéreuse, sentant à peine la chaleur, tant nous étions autrement préoccupés.

Nous reconnaissions très bien le chemin parcouru la veille, et nous nous rappelions les indications données. Tout ce qui nous entourait à perte de vue faisait partie de nos domaines.

Cette pensée nous gonflait d'importance. Nous promenions sur les prés et les bois des regards vainqueurs; mais les prés et les bois continuaient à verdoyer paisiblement sans se douter de rien, sans nous prêter la moindre attention.

Il nous tardait de voir quelqu'un, d'être remarqués, reconnus, de dépouiller notre incognito, d'apparaître dans tout notre éclat à nos vassaux éblouis. Nous méditions déjà quelque manière digne et spirituelle de nous révéler, quelque scène à l'Haroun-al-Raschid, un pendant de l'aventure de Henri IV avec le meunier Michaud. Mais l'occasion ne venait pas.

C'était l'heure du repos des travailleurs. Personne dans les champs. Depuis une bonne demi-heure que nous marchions, nous n'avions rencontré qu'une petite fille de cinq ou six ans, occupée à garder une oie au bord d'un fossé, et dont il nous fut impossible de tirer une parole.

Il fallut donc entrer dans les maisons et nous présenter nous-mêmes.

Presque tout le monde était encore à table; l'accueil fut gracieux, quoique dépourvu de l'enthousiasme auquel je m'attendais. Même dans ces campagnes reculées, les antiques traditions se perdaient décidément. Nul parmi ces braves villageois auquel l'idée fût venue de dresser un arc de triomphe ou de nous offrir un agneau enguirlandé de rubans roses, ainsi que cela se pratiquait au bon vieux temps. A peine si deux ou trois grand'mères savaient encore faire la révérence, et l'émotion causée par notre visite fut très modérée.

On aurait même dit que nous dérangions un peu ces bonnes gens, pressés de reprendre le travail; et j'eus le dépit de voir passer inaperçues quelques phrases bienveillantes et quelques maximes agricoles habilement préparées pour empoigner les masses.

Meg fit beaucoup plus d'effet que moi. Les observateurs naïfs s'arrêtent moins au visage qu'à la tournure et à la toilette. Grâce à sa haute taille et à sa robe à traîne, on prit ma sœur pour une dame. Certains me demandèrent même si c'était la maman, et tous s'enquirent du temps où viendrait le papa, ce qui me ravalait à un rôle enfantin des plus humiliants.

La mère Gauchenet seule, une grosse veuve à la figure boursouflée, à l'œil fin et au parler traînard, fit preuve de tact et de discernement. Elle m'appela « not' monsieur », déclara que notre arrivée était un bonheur pour le pays, me consulta sur la politique, m'offrit de la piquette et me demanda des réparations.

« L'absence du propriétaire fait bien tort, Monsieur, me dit-elle, tandis qu'elle me menait patauger dans une cour pleine de fumier pour constater les défectuosités d'une écurie à porcs. Il ne manquait pas une tuile au toit ni une pierre aux murs du temps du duc Jean. Depuis, ça a changé. Voyez plutôt cet appentis!

— Nous le referons, dis-je avec empressement.

— Et la grange! Il y pleut comme dehors. M. le duc avait l'intention de la couvrir en tuiles.

— Nous la couvrirons en ardoises! » m'écriai-je, décidé à ne pas rester en arrière.

La mère Gauchenet m'observait en dessous ; sa face s'éclairait, elle devenait bavarde, me contant une foule d'anecdotes un peu embrouillées, ayant trait à des curages de fossés, à des cheptels, à des pâturages et autres sujets du même genre, mais tournant toutes à l'honneur du suzerain de Sommerive.

« Enfin on l'aimait dans le pays, ce duc Jean, dit ma sœur, qui commençait à bâiller.

— Ah! Mademoiselle, un homme si juste, si comme il faut, pas regardant, avec qui on n'avait jamais de chicanes, comment ne l'aimerait-on pas, lui et tous ceux qui lui ressemblent! »

Elle me jeta un regard significatif, et je sortis, un peu jaloux des mérites du duc Jean, mais fermement résolu à les imiter, à les dépasser si c'est possible.

Nous étions arrivés au village. Je me souvins à temps qu'un lien étroit unit l'église et le château, et que les vertus paroissiales sont devoirs de grand seigneur.

« Allons rendre visite à M. le curé, » dis-je à Meg.

M. le curé fut paternel, trop paternel, car il se permit de m'appeler mon enfant. Il nous montra non sans orgueil sa modeste église, et, levant la main vers le trou du sonneur, il dit complaisamment :

« Avez-vous remarqué le son de nos cloches? Nous avons deux cloches magnifiques, deux vraies cloches de cathédrale! C'est le duc Jean qui les a données. »

Toujours le duc Jean! Comme son souvenir restait vivace! Le curé ne put omettre son panégyrique.

« C'est le duc Jean aussi qui a donné le maître-autel,

ajouta-t-il, et la balustrade du chœur, et la statue de la Vierge.

— Il était donc bien généreux? dit Meg, émerveillée.

— Extrêmement généreux.

— Et riche?

— A millions.

— Il devait mener un grand train? poursuivit Meg, qui commençait à s'intéresser au duc Jean.

— Un train de prince. Il avait des équipages de chasse, une écurie de courses; il donnait des fêtes. De son temps, le château ne désemplissait pas. »

Les yeux de Meg brillaient d'admiration, et elle demanda : « Il était distingué?

— Très distingué.

— Et intelligent?

— Un esprit supérieur s'il en fût. Lettres, sciences, art, il avait tout approfondi. Il savait tout, il savait même trop.

— Comment peut-on savoir trop? m'écriai-je, étonné.

— Je m'explique mal, reprit le curé. A force de se passionner pour la science, le duc Jean avait peut-être perdu de vue d'autres choses plus essentielles; mais ce n'en était pas moins un homme de cœur, un homme de bien, charitable aux malheureux, et il aura certainement obtenu la miséricorde de Dieu, ne serait-ce que par ses cruelles épreuves.

— Que lui est-il donc arrivé? demandai-je, incapable de dominer plus longtemps ma curiosité.

— C'est une histoire bien vieille déjà. J'étais depuis peu dans la paroisse quand tout cela s'est passé. Le duc Jean avait un frère, beaucoup plus jeune que lui, qu'il avait élevé et qu'il adorait. Le malheureux jeune homme s'était suicidé, dans des circonstances demeurées incompréhensibles. A-t-il eu un accès de fièvre chaude? s'est-il tué pour des motifs inconnus? je l'ignore, et personne, je crois, n'en sait davantage.

— Et le duc Jean?

— Et le duc Jean n'est jamais revenu à Sommerive. Pour

faire trêve à son chagrin, il a demandé une mission scientifique au pôle Nord. Il s'agissait de découvrir le fameux passage. L'œuvre était utile. Le duc Jean s'y est dévoué, et il y a succombé comme tant d'autres. Les explorateurs ont été pris par les glaces, et au printemps des marins suédois, envoyés à leur recherche, ont retrouvé leurs corps gelés sur un îlot du Spitzberg et dejà à demi dévorés par les ours. Ç'a été un grand deuil dans le pays, où le duc Jean était fort aimé. On a voulu garder sa mémoire. Voici le monument que lui ont élevé ses amis et ses confrères de la Société de géographie. »

Nous étions sortis de l'église; et dans le cimetière, parmi les simples pierres et les croix de bois, le curé nous montrait, auprès de la sépulture familiale des Sommerive, une pyramide de marbre où, en lettres d'or point encore ternies, était inscrit le nom du dernier duc de Sommerive, avec cette mention :

« Mort victime de son dévouement à la science. »

« Cela me fait de la peine qu'il soit mort, ce pauvre duc Jean! » me dit Meg après un long silence, tandis que nous reprenions ensemble le chemin du château.

J'étais moi-même profondément remué; mais je fus étonné de voir ma sœur partager mon émotion.

« Tu vois bien, toi qui m'accusais hier de sensiblerie. »

Meg rougit un peu et ne répondit pas.

Au bout de quelques minutes, elle reprit avec un profond soupir :

« C'est dommage! oui, vraiment, c'est bien dommage, parce que, vois-tu...

— Quoi donc?

— J'aurais beaucoup aimé épouser le duc Jean. »

L'idée de Meg, mariée à un héros de roman, me parut si bouffonne, puis si scandaleuse, que je partis d'un grand éclat de rire pour retomber dans une profonde indignation et m'écrier :

« Ah! par exemple, voilà une idée! Épouser un duc, toi! »

De rouge Meg devint écarlate, et reprit avec véhémence :

« C'est juste ce qu'il me faudrait. Un homme riche, beau, spirituel, qui avait des chevaux, des voitures, des livrées, qui donnait des fêtes, qui était si élégant!... »

Elle pleurait presque de regret, et je continuai sans pitié :

« Mais c'est lui qui n'aurait pas voulu de toi.

— Pourquoi donc? cria Meg très en colère. J'ai une belle dot, tout le monde le dit; et je suis une femme du monde, une vraie dame, grande, élancée, pas un avorton comme toi! »

Elle me touchait à mon endroit sensible, et je cherchais une riposte sanglante.

« Soit, dis-je en affectant un suprême dédain. Mais si tu as la taille élevée, tu as l'âme basse. Tu ne penses jamais qu'à l'argent et qu'aux robes. Tu es une ignorante. Moi, j'étudie, je pense, je suis passionné pour la philosophie, la poésie, la géographie..., pour toutes les sciences, comme le duc Jean. J'aurais pu le comprendre, me mettre à sa hauteur, et de nous deux je suis bien sûr que c'est moi qu'il eût préféré.

— Il ne pouvait pas t'épouser, toujours! reprit rageusement ma sœur.

— Oui, mais je serais devenu son ami, tandis que toi...

— Eh bien?

— Il t'aurait regardée comme une petite fille qu'on renvoie à ses poupées. »

Prononcer le mot de poupées, c'était faire à Meg la plus cuisante injure, car il n'y avait pas bien longtemps que son armée de filles dormait au haut d'une armoire. Je vis le moment où elle allait répliquer par une tape, son argument ordinaire, et je m'écriai d'un ton solennel :

« Du calme, je t'en prie; jusqu'à présent les dames de Sommerive n'ont pas eu l'habitude de vider leurs querelles en pleine route. »

Ce rappel à sa dignité et la crainte de friper ses beaux effets apaisèrent la colère de Meg.

« Aussi tu es méchant de me taquiner quand j'ai de la peine.

— Est-ce que je savais que tu pleures à cause de toutes les personnes très bien que tu ne peux pas épouser? Tu riais hier quand on parlait de Roland.

— Roland m'est bien égal, il est si vieux!

— Mais le duc Jean aussi serait vieux.

— Pas du tout. Il n'avait pas quarante-cinq ans, et le curé dit qu'il paraissait si jeune!

— Oui, mais à présent il en aurait soixante-cinq, et il ne paraîtrait plus jeune du tout. »

Les regrets de Meg s'apaisèrent soudain.

« C'est vrai, dit-elle, soixante-cinq ans. Je n'en voudrais pas. Alors cela m'est égal qu'il soit mort. »

Elle se remit à courir et à bavarder sans plus penser au duc Jean. Ce manque d'égards me choqua vivement, et pourtant, quoique pour d'autres raisons, je reconnaissais qu'il ne fallait pas regretter la mort du duc Jean. Cette fin prématurée, dramatique, lointaine, sur un îlot glacé des mers arctiques, était bien plus en harmonie avec son caractère romanesque qu'une vieillesse laide et décrépie, une mort banale, ordinaire, sans aventure.

Presque tous les héros dignes de ce nom, ayant quelque souci des convenances et de la postérité, s'en vont ainsi en pleine force, entourés de leur gloire intacte que fait rayonner plus vive l'auréole du martyre. Voyez-vous Roland mourant d'un catarrhe, ayant sous la tête un oreiller et non un bloc de granit, à ses côtés une tasse de tisane à la place de Durandale! Bayard retenu par la goutte dans son fauteuil! Napoléon octogénaire et tombé en enfance!

Le duc Jean avait été fort bien avisé d'agir comme il avait agi, et dans son intérêt je ne pouvais que m'en féliciter.

Mlle Saint-Espérit partagea absolument ma manière de voir et s'écria dans un accès de lyrisme qu'elle aimerait à tomber de même sur les glaces polaires, glorieuse victime de la science.

Électrisé, je déclarai à mon tour :

« Rien de plus beau que de tout braver pour être utile à son pays. Je voudrais moi aussi reprendre l'œuvre du duc Jean, trouver le passage qu'il a cherché en vain ou m'ensevelir comme lui dans les neiges éternelles.

— Vous croyez ça parce que nous sommes en été, dit la mère Crustaud incrédule; mais si vous sentiez le froid pour tout de bon, vous reviendriez vite en arrière. »

J'étais extrêmement frileux. Cela me fit réfléchir.

Mais sans aller plus loin que lui dans la voie du sacrifice, il m'était loisible de prendre le duc Jean pour modèle, comme je l'avais déjà pris pour héros. Il succédait en cette dernière qualité à nombre d'hommes illustres dans l'histoire ou la fiction, depuis César jusqu'au capitaine Corcoran; et il avait sur eux cet avantage d'être nouveau, inédit, et surtout de m'appartenir en propre. Rien de plus naturel à mon sens que d'hériter de son prestige en même temps que de ses biens, d'entrer dans son personnage comme j'étais entré dans sa maison. Il me semblait avoir les aptitudes requises pour tenir dignement une si haute situation. Je m'endormis sur cette idée flatteuse, décidé à commencer dès le lendemain une vie nouvelle dégagée de tout ce que mon existence antérieure pouvait avoir eu de vulgaire ou de simplement banal.

IV

Mon père, qui vint nous rejoindre le dimanche suivant, me trouva en cet état d'âme.

« Comme tu es drôle! » me dit-il, dans sa naïveté.

Mon extérieur même s'était ressenti de mes velléités aristocratiques. Je me tenais droit comme un *i*, les épaules effacées pour ne pas perdre un pouce de ma taille; j'affectais un port de tête superbe, un air hautain et cavalier qui, à mon avis, imprimait à ma grosse figure poupine un caractère fort distingué, et, sans tenir compte des vingt ans écoulés ni des changements de la mode, j'avais modifié le plus possible ma coiffure et mon costume suivant les indications fournies par le buste du duc Jean, avec lequel je me flattais d'avoir ainsi une vague ressemblance.

« Mon Dieu! que ce toupet et ce col de chemise sont ridicules! » continua mon père, qui ne comprenait rien à ma transformation.

J'excusai son ignorance, mais je fus très vexé. Il s'en aperçut et ajouta bonnement :

« Du reste, cela n'a pas d'importance. A la campagne, on peut en prendre à son aise. Moi aussi je vais prendre mes vieux habits pour courir les champs! »

Je le retins d'un geste imploratif. Par ces mots : « Mes vieux habits, » mon père désignait un certain complet chocolat qui faisait mon désespoir et celui de Meg.

« Non, je vous en supplie!... Gardez votre redingote!

— Pourquoi? elle m'étouffe!

— Songez que tout le pays a les yeux fixés sur nous.

— Les fermiers?... Cela leur est joliment égal que j'aie une redingote!

— Mais, reprit finement Meg, vous irez voir aussi M. le curé, et il pourrait prendre ce négligé pour un manque d'égards. »

Mon pauvre père, qui n'aurait pour rien au monde voulu manquer d'égards à qui que ce fût, poussa un gros soupir, et suant, soufflant, sanglé dans son drap d'Elbeuf noir, il commença sa tournée de propriétaire.

L'un à sa droite, l'autre à sa gauche, nous l'escortions, ayant tenu à refaire avec lui dans le domaine notre entrée triomphale, et nous remarquions avec surprise l'accueil qu'on lui faisait, bien différent de celui par nous reçu.

A défaut de distinction supérieure, mon père avait les deux seules choses qui peuvent en tenir lieu : la bonté et la simplicité. Il y joignait une intelligence ferme, un esprit clair et énergique, une franchise cordiale. A travers son enveloppe un peu fruste, on sentait un brave homme et un homme de valeur qu'on ne tardait pas à aimer et à estimer.

Au bout de quelques minutes de conversation, je voyais les visages méfiants s'éclaircir, les inquiétudes disparaître, la réserve craintive faire place à une confiance sympathique. On pensait avec vérité : Il se connaît aux choses, il est juste, ce sera un bon maître! Et lorsque, au départ, avec sa rondeur habituelle, il tendait la main au père de famille ou caressait un marmot sur le seuil de la porte, l'enfant riait et l'homme ne pouvait s'empêcher de sourire.

Notre mine, à Meg et à moi, se renfrognait, au contraire, de plus en plus. Cette familiarité nous paraissait tout à fait choquante, et discrètement nous tâchions de le faire entendre à mon père.

Mais il n'entrait pas du tout dans notre ordre d'idées.

« Eh bien! quoi? nous répliquait-il. J'ai affaire à d'honnêtes gens qui ont besoin de moi et dont j'ai besoin. Je désire vivre avec eux en bons termes.

— On peut témoigner de la bienveillance tout en faisant sentir sa supériorité, dis-je, très pointu. Je suis sûr que le duc Jean n'aurait pas permis...

— Au diable ton duc Jean, dont tu me casses la tête! interrompit mon père agacé. Il était duc, d'abord, ce qui fait une différence!...

— C'est cette différence que nous devons tâcher de faire oublier en suivant les traces de nos prédécesseurs.

— Taratata!... En voilà une prétention! Chacun est ce qu'il est, et singer les autres n'a jamais abouti qu'à se rendre soi-même ridicule.

— Vous m'avez dit pourtant qu'il fallait s'efforcer de prendre modèle sur ceux qui valent mieux que nous et d'acquérir ainsi les qualités qui nous manquent.

— Mais je ne sais pas du tout si le duc Jean était un bon modèle!

— Oh! papa!... »

Nous nous récriions tous deux, et à la fois nous nous mettions à raconter avec volubilité les hauts faits recueillis par-ci par-là sur le compte de notre héros.

Mon père nous écoutait tranquillement.

« Très bien, dit-il en manière de conclusion. Je ne conteste pas que le duc Jean ne fût un grand artiste, un grand savant, un grand seigneur. C'est fort joli, mais cela ne suffit pas. Quel parti a-t-il tiré de ses avantages? Qu'a-t-il fait d'utile, après tout, en ce monde? A-t-il su seulement élever son frère? J'en doute fort, car les enfants bien élevés ne finissent pas comme a fini ce pauvre garçon. »

Je me tus. Pareil blasphème ne méritait pas une réplique. Mon père était décidément incapable de comprendre ce qu'il y avait de grandeur, de poésie et d'élégance dans cette chevaleresque figure du duc Jean, et Mlle Saint-Espérit avait bien raison de dire dans son langage fleuri :

« Monsieur Ravenot, quel dommage que votre âme ait perdu ses ailes ! »

J'ignore si l'âme de mon père avait subi cette perte. A vrai dire, elle ne s'égarait pas dans les nuages, où, après tout, elle n'avait rien à faire. C'était une bonne âme simple et droite qui se contentait de cheminer tout doucement par les sentiers de la vie, ne se lassant jamais des devoirs, ne se rebutant jamais des obstacles, ne se détournant jamais des misères qu'on y rencontre à chaque pas, une âme vaillante, fortement trempée, peu imaginative, mais douée d'un grand fonds de sensibilité et de délicatesse.

Comme cette sensibilité et cette délicatesse étaient vraies, justes, mesurées, provenant d'un bon cœur et non d'une tête folle, nous n'en faisions pas grand cas, et nous trouvions souvent mon père dur ou borné quand il était simplement raisonnable.

Ce matin-là même j'avais jugé d'une regrettable mesquinerie ses débats avec notre digne concierge, qui d'un air patelin s'efforçait de nous exploiter ainsi qu'il était de tradition d'exploiter les anciens propriétaires de Sommerive. Mon père n'entendait pas de cette oreille : en fait de chiffres personne ne lui en remontrait, et le concierge, déçu dans ses espérances, s'était retiré en grommelant que « le patron » n'attacherait pas ses chiens avec des saucisses et qu'il ne ressemblait guère au bon maître d'autrefois.

Plus nous observions de près la manière d'agir de mon père, et plus nous le sentions inférieur à son illustre devancier.

Aussi, à mesure que nous avancions dans notre promenade, notre humeur devenait-elle de plus en plus revêche. Je gardais un silence morose que Meg entrecoupait de remarques grincheuses.

Mon père n'en continua pas moins tranquillement sa tournée, sans nous faire grâce de rien.

Après la cure et l'église, il fallut encore, malgré nos gémissements, traverser tout le village pour aller à l'école des frères.

L'école était peut-être la seule maison que nous n'eussions pas visitée, tant son aspect nous avait semblé peu engageant. Bien que remplacée depuis longtemps par une bâtisse neuve, elle est restée dans mon souvenir telle qu'elle m'apparut alors, avec ses murs humides et noirs, ses volets branlants, son toit presque aussi endommagé que celui du toit à porcs de la mère Gauchenet.

C'était une vieille masure de paysan, adaptée tant bien que mal à son usage actuel. Peu à peu, suivant les besoins successifs, de petites constructions économiques s'étaient adossées au bâtiment principal, formant un ensemble bizarre aussi dépourvu d'agrément que de confort.

Jamais je n'ai rien vu de plus triste et de plus pauvre que le parloir dénudé, l'affreuse petite cuisine, le dortoir obscur affectés au logement des frères. Il y régnait une odeur invétérée de moisissure, de renfermé, de misère, auxquels se mêlaient des senteurs culinaires de beurre rance, la fumée du petit fourneau qui ne marchait pas et les exhalaisons fétides d'un évier mal agencé.

En revanche, la salle neuve, qui servait de classe, était assez grande, aérée, saine, propre dans son dénuement, et le frère supérieur, qui nous faisait les honneurs de la maison, s'y arrêta non sans complaisance.

D'âge moyen, corpulent, très brun, la figure réjouie, le frère Régimbertus était un de ces simples qui prennent les choses du bon côté et ne vont pas chercher midi à quatorze heures. Comme la plupart de ses confrères, il appartenait au peuple, dont il avait l'entrain robuste, l'infatigable persévérance, la courageuse abnégation; et, sans souci des répugnances personnelles, il se donnait corps et âme à l'œuvre entreprise, ne voyant rien en dehors, n'ambitionnant rien au delà, y trouvant de naïves et touchantes satisfactions.

Il était du Midi et il parlait vite, abondamment, bruyamment, avec de grands gestes et des éclats de rire fréquents à travers ses phrases.

« Qui aurait cru, quand nous avons débuté, que nous arriverions à un pareil résultat! disait-il, montrant à mon père les bancs et les pupitres, pressés les uns contre les autres, qui remplissaient la pièce. Les élèves sont en vacances, Monsieur; mais si vous venez le mois prochain, vous verrez toutes les places garnies. On nous envoie des enfants même des villages voisins. Il y en a qui font chaque jour six kilomètres pour venir, autant pour s'en retourner, plutôt que d'aller à l'école laïque, et nous en aurions davantage encore si nous pouvions les caser.

— C'est un beau résultat, en effet, dit mon père, qui écoutait attentivement, les mains dans ses poches, approuvant de la tête.

— L'année prochaine nous ajouterons peut-être une nouvelle salle, continua le frère Régimbertus les yeux brillants. Ce n'est pas tout cela qui m'inquiète : le bon Dieu y pourvoira ; mais, s'il y a une autre salle, force sera de diviser les élèves en deux classes. Pour deux classes, il faut deux professeurs, et je suis seul... ou à peu près. »

Il baissa la voix et ajouta confidentiellement :

« Le frère Citurne n'a pas de santé! »

Nous avions aperçu en entrant le frère Citurne, un tout jeune homme, long, débile, à mine de phtisique, qui semblait à peine avoir la force de se tenir debout, et cet aveu ne nous surprit pas.

« Ce n'est pas la bonne volonté qui lui manque, au pauvre enfant! continua le supérieur. Il fait ce qu'il peut, et même déjà plus qu'il ne peut. Que serait-ce donc s'il lui fallait enseigner les petits, parler, crier toute la journée! Il n'y tiendrait pas une semaine. »

Le frère soupira et reprit :

« Ce qu'il nous faudrait, c'est un adjoint;... mais avec nos ressources, on ne peut y songer! Je vous le dis, voilà l'embarras.

— Le bon Dieu y pourvoira peut-être aussi! » dit mon père.

Le frère ne voulut pas démentir une si chrétienne assertion, et, secouant la tête pour chasser ses gros soucis, il parla d'autre chose, nous conta ses débuts très difficiles, l'état où quinze ans plus tôt il avait trouvé la paroisse, la sauvagerie des enfants, dont quelques-uns, nés dans une hutte de la montagne ou une cabane au fond des bois, ne savaient pas même faire leur signe de croix ou prononcer quelques mots de français.

L'instituteur laïque s'était découragé. Cela se comprend : le pays est si pauvre, si reculé, si triste quand l'hiver on est bloqué par la neige!

« Et vous, dit mon père, vous ne vous êtes pas lassés de la tâche?

— Oh! nous, peu nous importe où nous travaillons, pourvu que le travail soit utile. D'ailleurs, nous avons eu bien des satisfactions. Les enfants ont, par ici, l'esprit un peu lent; mais ils se rattrapent par l'application, la docilité. Nous tâchons de deviner leurs aptitudes, de tirer le meilleur parti possible de l'étoffe que chacun a en soi, car tout le monde en a un peu. Certains sont difficiles à connaître, plus difficiles à prendre; mais on trouve toujours la corde sensible. Vous me croirez si vous voulez, mais je n'ai échoué qu'une fois, avec le petit Gauchenet !... »

Le souvenir de cet échec assombrit un instant la figure du frère, qui recouvra bientôt la sérénité, et il continua :

« Presque tous marchent bien. Quelques-uns même très bien : voyez plutôt ! »

Il exhibait les chefs-d'œuvre de ses élèves : pages d'écriture magistrales, dessins, cartes géographiques, travaux variés, témoignant autant de leur zèle que de la patience et de l'ingéniosité sans rivale de leur maître.

Notre bienveillante attention se lassa vite, car les efforts méritoires de ce bon frère et de ses petits paysans n'étaient pas de nature à occuper longtemps nos vastes esprits.

Nous nous impatientions fort de voir mon père questionner, discourir, prolongeant indéfiniment la séance. Meg toussait, remuait, s'agitait, frappait de petits coups par terre du bout de son ombrelle et plongeait à travers la fenêtre des regards ennuyés dans la cour de récréation, plantée d'arbres étiques et ornée, au milieu, d'une statue de saint Joseph, très laide, émergeant d'une maigre corbeille de géraniums.

Enfin mon père releva sa tête, penchée sur une ardoise où un bambin de huit ans avait résolu un problème très difficile.

« Cher frère, dit-il, votre œuvre m'intéresse. Elle m'intéresse d'autant plus, que je connais par moi-même son utilité. Je suis un ancien élève des frères. »

Il avait bien besoin de dire cela ! Je lui poussai le coude, Meg pinça les lèvres; le frère Régimbertus, au contraire, prit l'air surpris et charmé.

« En cette qualité, continua mon père, je vous dois beaucoup et je veux m'acquitter de cette dette au profit des enfants de Sommerive. Demandez à votre institut l'adjoint qui vous est indispensable. Je me charge de son traitement et de toutes les dépenses que nécessitera la construction de la nouvelle salle. »

Le frère Régimbertus demeura sans paroles, ce qui était pour lui la plus grande marque possible d'émotion et de joie.

Le frère Regimbertus montrant les chefs-d'œuvre de ses élèves.

Les rêves ambitieux dont il osait à peine espérer l'accomplissement partiel et lointain se réalisaient sous ses yeux d'un seul coup, par le moyen le plus inattendu; et lorsque, se remettant avec effort, il retrouva l'usage de sa langue, il ne put que murmurer en serrant les mains de mon père :

« Ah! monsieur Ravenot, monsieur Ravenot! C'est une bonne pensée que vous avez eue là, et Dieu vous en tiendra compte... »

Nous aurions volontiers prolongé maintenant cette scène flatteuse; mais mon père, à son tour, avait hâte de partir; laissant là le cher frère, qui ne retrouvait pas encore son aplomb, il reprit à grandes enjambées la route du château.

Il avait la figure épanouie, comme lorsqu'il venait de conclure une affaire avantageuse, et il sifflotait entre ses dents un air bien connu de nous, l'air d'une chanson que, dans son enfance, il avait apprise à l'école et qu'il aimait à répéter.

Notre humeur s'était rassérénée. La belle action de mon père nous semblait compenser ses précédentes maladresses et relever l'honneur de la famille.

Nous aurions préféré qu'il donnât autre chose : une seconde cloche, par exemple, plus grosse que la clocle du duc Jean et faisant beaucoup de bruit; mais enfin ses libéralités produiraient certainement bon effet dans le pays, et l'on pouvait espérer qu'avec nos conseils il se formerait peu à peu à la pratique de ses devoirs féodaux.

V

Le plus difficile fut de l'amener à rendre visite aux châtelains du voisinage. Avant d'y parvenir, Meg pleurnicha trois jours au moins, déclarant qu'elle entendait faire son entrée dans le monde, briller dans la société élégante ou mourir du spleen. Je me plaignis amèrement de ne pouvoir échanger mes idées avec des hommes intelligents dont les goûts répondissent aux miens. La mère Crustaud s'écria que notre santé dépérissait faute d'exercice et de distraction, et Mlle Saint-Espérit reconnut que la fréquentation de milieux choisis était indispensable au développement de nos nobles instincts et au couronnement de notre heureuse éducation.

Accablé sous le nombre, mon père dut céder, comme à l'ordinaire, et pendant huit jours consécutifs nous nous en allâmes de château en château, à six lieues à la ronde, dans notre grande voiture armoriée que traînaient avec peine les deux petits chevaux asthmatiques.

A vrai dire, nous eûmes quelques petites déceptions.

Depuis le temps déjà lointain du duc Jean, plusieurs familles s'étaient éteintes, beaucoup s'étaient dispersées. La vie sévère, les plaisirs simples de la campagne, ne suffisaient plus aux aspirations des générations modernes, et, pour rester fidèle à ce coin reculé de pays perdu, enseveli sous la neige pendant cinq mois d'hiver, il fallait y être retenu par des habitudes bien rustiques ou des nécessités bien impérieuses.

Au lieu des splendeurs aristocratiques par nous rêvées, nous ne trouvions guère que des castels délabrés, de modestes demeures habitées par de bons propriétaires campagnards, de rudes chasseurs, des hobereaux appauvris, de vieux messieurs maniaques ou de vieilles dames tout habillées de noir.

Par contre, l'accueil dépassa nos espérances.

Notre arrivée soudaine au milieu de cette société étroite, mélancolique, jamais renouvelée, produisait l'effet d'une pierre tombant dans une mare, et l'on nous recevait avec une surprise curieuse, un intérêt plutôt bienveillant.

Nous étions nouveaux pour tous : tout était nouveau pour nous. Il n'en fallait pas plus pour créer un courant sympathique, et c'était à qui nous dévisagerait, nous questionnerait, profiterait de l'occasion pour débiter à des auditeurs attentifs ses petites histoires favorites cent fois rabâchées par ailleurs.

Je conquis d'emblée le cœur de deux douairières et d'un général en retraite rien qu'à la façon posée, respectueuse, presque religieuse, dont je les écoutai.

C'est que, dans les souvenirs de chacun, revenait toujours

en première ligne le même personnage, celui qui dès mon arrivée ne cessait de hanter mon imagination, s'en emparait de plus en plus, finissait par prendre une place dans mon existence.

Le duc Jean! Qui ne l'avait connu parmi ses contemporains? A ce nom, point de voix chevrotante qui ne s'attendrît, d'œil morne qui ne s'éclairât. On parlait de lui là-bas comme les vieux royalistes parlaient de leur prince, les vieux vétérans de la garde, du Petit Caporal. Avec sa grande naissance, sa grande fortune, son grand esprit, il avait exercé sur le pays une sorte de domination, un irrésistible attrait. Il en avait été l'espoir, l'orgueil, le charme, et l'on se souvenait des beaux jours de Sommerive comme de ses beaux jours à soi-même.

La catastrophe finale, où tant de prospérités s'étaient englouties, avait dissipé les petites jalousies, les légères rancunes, et mon père lui-même fut frappé de l'unanimité des éloges et des regrets.

« Ce devait être pourtant un brave garçon que ce duc Jean! conclut-il le soir du huitième jour, comme nous rentrions à Sommerive.

— Ah! Monsieur, dites donc que c'était un héros, s'écria Mlle Saint-Espérit, qui se tamponnait les yeux.

— Un héros!... Vous allez peut-être un peu loin; car enfin, pour être un héros, il faut avoir fait de bien grandes choses.

— N'avez-vous donc point entendu ce que nous contait ce vénérable général?

— L'histoire du tigre? oui, c'est assez gentil.

— Assez gentil! répéta Mlle Saint-Espérit indignée, mais c'est tout simplement sublime! Ne voyez-vous donc pas ce tableau saisissant? Une chasse aux Indes..., un tigre bondissant hors de la brousse..., et le duc Jean courant seul à la bête furieuse, lui brûlant la cervelle à bout portant avec son revolver pour ne point laisser aux Anglais l'honneur de la journée!... N'est-ce pas un trait digne des anciens âges?

— Et ces duels avec trois officiers qui, au bal, ne s'étaient pas rangés assez vite pour laisser passer une dame! C'était joliment chic! reprit Meg.

— Et lorsqu'il traversa le torrent dans une périssoire! dis-je à mon tour.

— Ce sont des traits de courage, continua froidement mon père, qui était en veine de taquinerie, ou plutôt de folles imprudences.

— Il n'est point d'héroïsme sans folie! s'écria Mlle Saint-Espérit en levant au ciel un regard inspiré. Beau mérite que de s'exposer quand le devoir vous y oblige! Il n'y a pas de soldat qui n'en soit capable!... Mais jouer sa vie volontairement, librement, à tout propos et même hors de propos, voilà qui est grandiose, chevaleresque, véritablement glorieux!...

— Je ne suis pas de votre avis, répliqua mon père en hochant la tête. Autant je trouve beau de sacrifier utilement son existence, autant il me semble absurde de la prodiguer sans raison. Que voulez-vous! je suis un homme pratique, et ce qui ne sert à rien ne me fait jamais d'effet.

— Mais avec ces froids calculs, ces bourgeoises théories, s'écria impérieusement Mlle Saint-Espérit, vous en arriverez à éteindre l'enthousiasme, à briser l'idéal, à nier le sublime! Monsieur Ravenot, avec une profonde douleur je dois vous le répéter : votre âme a perdu ses ailes! »

Ayant lancé cette sévère apostrophe, Mlle Saint-Espérit détourna la tête d'un air dédaigneux et affecta de s'absorber dans la contemplation du paysage.

Mon père avait tiré son carnet et, profitant des derniers rayons du jour, alignait des chiffres en marmottant. Meg s'endormait, et dans ce silence mon esprit revenait à son rêve favori.

Il avait passé là, le duc Jean, conduisant lui-même son mail à quatre chevaux, ou bien, souple et fier dans son bel habit de chasse, montant ce superbe cheval noir qui désarçonnait tout autre cavalier, suivi de ses piqueurs en livrée vert et argent, parmi les aboiements de la meute et la fanfare bruyante des cors de chasse. Il était venu errer dans ces bois ombreux, en compagnie d'un de ces vieux auteurs grecs ou latins, arabes ou hébreux, qu'il lisait à livre ouvert. Partout je le retrouvais comme l'antique divinité de ce pays, le héros de la légende populaire, et avec mon enthousiasme je sentais croître un irrésistible désir de suivre ses traces glorieuses.

L'absence de mon père, rappelé le lendemain par des affaires urgentes, me laissa livré tout entier à ces impressions, que chaque jour écoulé vint accentuer davantage.

Ce qu'il y avait en moi d'élans généreux et de sotte vanité, mon âge, l'âge des rêves fous et des naïves illusions, l'influence des lieux et de l'entourage, tout s'accordait pour développer cette idée fixe qui tournait doucement à la manie.

Le portier, — un fin matois, — avait vite découvert mon côté faible et, faute de mieux, l'exploitait avec une habileté consommée. Je ne saurais dire combien je me suis laissé extorquer de petites sommes et imposer de ridicules exigences, de crainte de mentir aux traditions de Sommerive.

Pour me mettre à la hauteur de ces réminiscences et de la comparaison que je sentais venir à la suite, j'endurais un véritable martyre. Je renonçais à toutes mes habitudes, je torturais mes plus simples actions, j'abjurais entièrement ma personnalité. Je n'ouvrais plus la bouche sans avoir retourné ma phrase avec angoisse jusqu'à ce qu'elle me semblât présenter une analogie avec ce qu'aurait pu dire le duc Jean en pareille circonstance. Je ne posais plus le pied par terre sans m'essayer à sa démarche noble et assurée; je n'osais même plus satisfaire mon appétit formidable, ayant appris que le duc Jean mangeait à peine. Je me levais comme lui dès l'aurore, j'errais dans ses promenades favorites jusqu'à complet épuisement, et j'essayais des régimes les plus bizarres dans l'espoir d'égaler un jour sa vigueur physique et sa sveltesse élégante. Je me cassais la tête sur ses livres; j'ai même essayer de jouer de son violoncelle et faillis faire sauter la maison en manœuvrant un de ses appareils chimiques.

Malgré ces occupations absorbantes, le temps me semblait parfois un peu long et semblait bien plus long encore à Meg.

Nous menions la vie de campagne dans toute sa monotonie, sans pouvoir rien apprécier de ce qui en fait le charme.

Nos relations mondaines étaient trop nouvelles pour devenir encore bien fréquentes. Nous ne trouvions pas auprès des tenanciers les profonds respects qui eussent rendu nos rapports avec eux agréables, et nous étions en froid avec M. le curé, qui avait le mauvais goût de ne pas prendre au sérieux nos importantes personnalités.

Dans ces circonstances, l'école des frères, d'abord si dédaignée, devint bientôt notre principale ressource. Là seulement nous pouvions assouvir la soif de domination qui nous possédait, grâce aux bienfaits de mon père, qui nous y donnaient en quelque sorte droit de cité, et à la facile bonhomie du frère Régimbertus.

Fortement prévenu en notre faveur et doué naturellement d'une patience inépuisable, l'excellent homme nous recevait toujours avec le même sourire aux lèvres, ne voyant dans nos importunités qu'un témoignage de sympathie pour l'œuvre qui le passionnait.

Les élèves venaient de rentrer, et nous arrivions souvent au milieu de la classe, car c'était un grand plaisir que de mettre tout le monde en émoi, de voir les têtes se lever, les yeux nous fixer avec un effarement respectueux ou une curiosité béate, le frère lui-même descendre de sa chaire pour venir à notre rencontre. Nous parcourions la salle, nous arrêtant quelquefois pour interroger un bambin rouge d'émotion, décerner un blâme ou un éloge et, aux grands jours, distribuer des images, des bonbons, conquérant la popularité par nos largesses et maintenant notre prestige par la majesté de notre attitude.

Nous en étions venus à connaître chaque enfant par son nom et à prendre un vif intérêt aux confidences du frère Régimbertus. Nous savions que le petit Picard comptait se faire prêtre et que le petit Râteau, pour peu qu'il continuât, serait l'honneur de l'établissement. Nous nous amusions des aptitudes mercantiles du petit Miséré, qui ramassait les vieilles plumes pour les vendre au marchand de ferraille; nous répétions les bons mots du petit Sainfoin, le loustic de la bande; nous imitions, dans notre particulier, l'accent du petit Mâchuron, le fils du charbonnier de la montagne, et nous nous indignions des méfaits constants du petit Gauchenet, le fils de notre fermière, la brebis noire du troupeau, le seul enfant sur lequel eussent échoué les patients efforts du maître et la méthode de l'institut. Il était d'une laideur répulsive avec sa figure jaune, ses cheveux crépus, son nez aplati, ses yeux retroussés à la chinoise, son air hébété; il paraissait à moitié idiot, n'apprenant rien, n'ayant que l'intelligence du mal, et c'était par un excès de scrupule que le cher frère s'entêtait à le supporter dans sa classe, où on le trouvait généralement en pénitence, le nez tourné contre le mur et le bonnet d'âne enfoncé jusqu'aux oreilles.

Mais la salle d'études n'était pas la seule attraction de la maison. Il y avait encore la chapelle et son vieil harmonium, dont Meg tirait des sons discordants, l'atelier de menuiserie où, pendant ses rares loisirs, le frère Régimbertus m'initiait à ses ingénieux travaux d'adresse, puis le jardin et les légumes phénoménaux du frère Cisturne.

Le frère Cisturne était possédé de la passion du jardinage, et il s'y adonnait avec cette ardeur fiévreuse des gens qui n'ont guère de temps à vivre. On le trouvait toujours en train de bêcher ou de sarcler, haletant, livide, prêt à défaillir et prétendant néanmoins que le grand air le ranimait et qu'avec un an de ce régime il serait tout à fait guéri.

Pour laisser le pauvre enfant contenter sa fantaisie, le frère Régimbertus s'était chargé du ménage. On le voyait, avant et après la classe, en grand tablier bleu, épluchant des légumes, lavant la vaisselle, cuisinant des ragoûts suspects sur son fourneau nauséabond. Il faisait tout cela rudement, bonnement, joyeusement, toujours en belle humeur et en bel appétit. A peine s'il laissait de temps en temps échapper ce vœu :

« Quand donc mon adjoint arrivera-t-il! »

Et encore c'était bien moins pour alléger sa tâche que pour voir s'ouvrir enfin la seconde classe.

Sa joie fut donc grande d'apprendre, dans les premiers jours d'octobre, que le supérieur général avait enfin fait droit à sa requête. On nous envoyait le frère Claudien, qui arriverait à Sommerive la semaine suivante. On n'en disait pas davantage, et le frère Régimbertus ne connaissait pas son nouveau compagnon.

Avec son heureux caractère, il ne s'inquiétait nullement, sûr que le choix du supérieur était satisfaisant et que tout irait à merveille; mais je me livrais à des conjectures anxieuses. Cet instituteur appelé par mon père, entretenu à ses frais, me semblait nous appartenir en particulier, avoir pour nous une importance personnelle, un intérêt d'amour-propre, comme un cadeau que l'on fait et dont on désire tirer un peu d'honneur.

Ce bon frère aurait dû jouer dans ma vie un rôle considérable, que je ne me serais pas tourmenté davantage à son sujet.

Serait-il jeune? Serait-il vieux? malade et mélancolique comme le frère Cisturne? tout gai et tout rond comme le frère Régimbertus?

Je l'aurais voulu entre les deux, avec une figure pâle d'ascète, éclairée par deux beaux yeux noirs, un sourire doux, l'air humble et digne, quelque chose comme un saint de vitrail. Meg me taquinait horriblement en prédisant qu'il serait laid, commun, et qu'il aurait l'accent auvergnat. Je ne l'ai jamais su.

Mlle Saint-Espérit cherchait à me rassurer en affirmant que tout cela importait peu pourvu qu'il eût une belle âme, et qu'il avait certainement une belle âme, avec de grandes ailes.

Malgré ces raisonnements et en dépit du calme que je m'efforçais de garder à l'instar du duc Jean, dont rien, d'après la légende, n'avait jamais troublé le beau sang-froid, je passai dans de véritables transes les jours qui précédèrent l'arrivée du frère Claudien. La dernière nuit, j'eus des cauchemars épouvantables d'où je ne sortis qu'en entendant sonner mon réveille-matin.

Il était six heures. Je n'avais pas de temps à perdre pour me rendre à Montbéliard, où je devais aller avec la voiture chercher le frère Claudien au train de neuf heures. Le frère Régimbertus étant retenu par sa classe et le frère Cisturne par une indisposition, j'avais jugé convenable cette démarche personnelle. J'étais bien aise d'ailleurs de voir mon frère plus tôt, de me l'approprier tout de suite, et, en franchissant les dix-huit kilomètres qui nous séparaient de la gare, je préparais ce que je comptais dire et faire pour frapper cet esprit simple, lui inculquer dès le début une haute idée de mon importance et de ses obligations à mon endroit.

Il n'avait pas connu le duc Jean, celui-là, il n'en avait pas même entendu parler. Il n'était pas blasé sur les grandeurs seigneuriales, sur les raffinements aristocratiques dont je lui paraîtrais le prototype. Je l'aimais déjà, rien que pour cette ignorance naïve, et je me sentais disposé à une grande indulgence quand j'atteignis la gare de Montbéliard.

Presque au même instant arrivait le train, un train omnibus, surchargé de marchandises, et j'assistai au débarquement des voyageurs. Ils étaient nombreux, ce jour-là se trouvant un jour de marché. Les troisièmes regorgeaient littéralement de blouses bleues, de bonnets blancs, de paniers et de ballots hétéroclites qui se déversaient lentement sur le quai de la gare; il en sortait encore, il en sortait toujours, et je me demandais avec surprise comment tant de gens et de choses avaient pu tenir dans un espace si restreint.

Cependant le mouvement se ralentissait. Une longue file avait déjà traversé la voie, s'acheminant vers la sortie, et je commençais à m'inquiéter de ne rien découvrir qui ressem-

4

blât à mon frère, quand j'aperçus enfin tout au bout du train, émergeant d'un wagon encore plus encombré que les autres, une soutane, un large rabat blanc et un chapeau noir. J'ôtai mon lorgnon qui m'empêchait d'y voir, et je reconnus que c'était bien un frère, le mien évidemment.

Il se tenait debout sur le marchepied, ayant dans les bras quelque chose que, en regardant bien, je reconnus être un enfant au maillot, et il le remit avec précaution à une bonne femme descendue avant lui ; puis, se retournant, il reçut d'un autre voyageur un petit chien, qu'il passa à un vieux monsieur, et renouvela ce même manège pour la valise noire d'un commis voyageur.

Ayant accompli ces devoirs de complaisance, il ramassa un bâton et un sac de piètre apparence qui constituaient sa propre pacotille, souleva son chapeau en faisant un signe de tête à ses compagnons de route, et d'un pas un peu traînant alla se joindre aux autres voyageurs qui faisaient queue devant la sortie.

VI

Je m'étais approché, et maintenant je le voyais bien en face.

Ma première impression fut un désappointement. J'étais en présence d'un homme âgé, presque un vieillard, si j'en jugeais par ses cheveux tout blancs et par sa démarche pénible. De taille moyenne, un peu gros, le visage rouge, rond et bénin, il rappelait le type classique, partout rencontré, du vieux frère de la Doctrine chrétienne.

En le regardant de plus près, je m'aperçus qu'il était fortement marqué de la petite vérole. Sa physionomie était placide, et sans la moindre impatience il se laissait bousculer par les paysans qui avaient hâte de sortir.

L'ayant observé suffisamment, je crus opportun d'intervenir, et pour attirer son attention je lui tapai sur l'épaule. Il se retourna d'un mouvement vif, presque effrayé.

« Vous êtes le frère Claudien? lui demandai-je.

— Oui, Monsieur.

— Je suis venu à votre rencontre avec ma voiture... »

Ma bonne mine et la magnanimité empreinte sur mon front avaient déjà dissipé son trouble; car, en me regardant, sa figure s'éclaira, et un tout petit sourire sembla même errer sur ses lèvres.

Je continuai, voulant établir tout de suite nos situations respectives :

« Je suis M. Léon Ravenot, du château de Sommerive. »

Il inclina la tête, un peu impressionné sans doute par cette révélation, et, pour achever notre connaissance, je lui tendis la main, qu'il prit avec la timidité voulue. Nous sortions de la gare, et j'achevai de l'éblouir en lui montrant « ma voiture », dans laquelle je l'invitai à prendre place. Il eut un petit geste pour décliner l'honneur trop grand, mais je savais combien l'aristocratie a toujours témoigné d'égard à l'Église. J'insistai courtoisement pour qu'il montât le premier et prît la place de droite, ce qu'il dut accepter en saluant derechef.

Cela ne marchait pas trop mal. J'étais très content de moi et assez satisfait de mon frère. S'il manquait de brillant, il semblait du moins docile, débonnaire, assez disposé à se laisser styler. Il paraissait plus fort que le frère Cisturne et moins bruyant que le frère Régimbertus. Sa soutane râpée était propre, et puis il n'avait pas du tout l'accent auvergnat.

« De quel pays êtes-vous, cher frère? demandai-je pour engager la conversation, quand nous eûmes roulé en silence pendant un moment.

— Je viens de Tours, » me répondit-il.

Je ne m'étonnai plus que sa prononciation fût passable, et je continuai :

« C'est une belle ville, et vous la regretterez peut-être un peu dans notre modeste bourgade; mais nous ferons notre possible pour que vous ne vous y trouviez pas trop dépaysé. »

Il me remercia d'un sourire, et je repris :

« Vous n'avez peut-être pas l'habitude des voyages?

— Il y a très longtemps, en effet, que je n'ai voyagé.

— Ce train, qui va comme une charrette, a dû vous faire paraître le trajet bien long! A quelle heure êtes-vous parti de Tours?

— Hier matin, à cinq heures.

— Vous devez être fatigué?

— Oh! nullement.

— Mais vous avez faim?

— J'ai déjeuné en chemin de fer. »

Un gros croûton de pain sortait encore de sa poche.

Après ces vingt-quatre heures passées sur un banc de bois au milieu des paysans, et ces croûtes grignotées dans l'atmosphère poussiéreuse du compartiment, le brave homme paraissait néanmoins calme, reposé, sans aucune tension nerveuse.

Il ne parlait pas beaucoup, c'est vrai; mais il m'écoutait attentivement, ce qui valait bien mieux, et contemplait d'un air recueilli les points de vue dont je m'appliquais à lui faire saisir les beautés.

Nous étions très bons amis en approchant de Sommerive.

« Levez-vous, mon frère, et regardez, lui dis-je au bon endroit. Là-bas, à droite, derrière ce rideau de chênes, on aperçoit les murs de mon château et la silhouette imposante du donjon, qui date du XIVe siècle. Il a été construit par Renaud de Sommerive au retour de la croisade, et garde, sculptée au milieu d'une cheminée de pierre, une devise en arabe. »

Le frère se leva et regarda d'un œil indifférent, sans paraître comprendre grand'chose à l'archaïsme de cette noble demeure.

« Tournez-vous de ce côté maintenant, repris-je. Vous pourrez voir le clocher de l'église. L'école est plus loin, cachée

Le frère Claudien.

par ces maisons. Oh! elle n'est pas très belle l'école; mais mon père s'y intéresse, et on s'en occupera.

— Je connais les généreuses intentions de monsieur votre père, dit le frère Claudien. C'est un grand bonheur pour les pauvres de Sommerive qu'il soit venu dans le pays. »

Je fis le gros dos, prenant le compliment pour moi. Ma première impression sur mon frère, déjà graduellement modifiée, s'améliora tout à fait, et comme nous descendions de voiture devant l'école, je glissai à l'oreille du frère Régimbertus accouru à notre rencontre :

« Il est fort convenable! »

Déjà les deux religieux se donnaient l'accolade, puis ce fut au tour du frère Cisturne, et tous trois entrèrent dans la maison, se disputant à qui porterait le ballot mal ficelé du nouveau venu. Je les suivais à pas comptés, ne me sentant pas de trop en ces moments solennels.

A vrai dire, l'introduction fut des plus simples.

Je retrouvai le frère Claudien assis sur une des chaises du parloir, son ballot déposé sur l'autre.

Cet homme, avec tout ce qu'il possédait ici-bas, appartenait désormais à la maison; il devait y vivre, y travailler, n'en sortir qu'appelé par son supérieur à une autre tâche ou par Dieu à une autre vie, mais cette idée semblait l'impressionner fort peu, et avec son même air placide, son même sourire bénévole, il examinait le milieu nouveau où il se trouvait transplanté.

On entendait le frère Régimbertus s'embesogner dans la cuisine, tandis que le frère Cisturne remontait en haletant l'escalier de la cave.

Bientôt le supérieur reparut tout guilleret.

« Le déjeuner est prêt! cria-t-il joyeusement. Venez vous mettre à table! »

D'un air engageant il ouvrit la porte du réfectoire.

Je ne sais pourquoi, mais je me rappelle les moindres détails du tableau. Je revois la pièce étroite, obscure, aux murs peints d'une couleur verdâtre que marbraient de larges taches d'humidité, le carrelage soulevé par endroits, la cheminée fermée par un paravent de papier gris et surmontée d'une gravure toute noire représentant le bienheureux de la Salle, fondateur de l'ordre, la table longue flanquée de deux bancs et recouverte, en guise de nappe, d'une vieille toile cirée sur laquelle on avait disposé de grosses assiettes, des couverts de fer, des serviettes d'un blanc douteux, une bouteille de vin, une autre pleine d'eau, une soupe grisâtre dans un saladier fendu, un hachis noir au fond d'un plat de terre, des concombres coupés en tranches dans un bol à fleurs, et dans un plat d'étain une colle de farine qui représentait, je crois, l'entremets.

« Il faut bien fêter l'arrivée du frère Claudien, » dit gaillardement le supérieur, commençant son bénédicité tout en promenant un regard satisfait sur le somptueux festin dressé devant nous.

Je déclinai l'invitation qui me fut faite d'y prendre part, et je retournai au château, où l'on m'attendait avec impatience autour d'une table un peu mieux servie.

Meg fut médiocrement satisfaite de mon rapport, cependant aussi bienveillant que possible. Mon vieux frère traînant la jambe et marqué de la petite vérole parut à la jeune élégante une assez piètre acquisition, et, quand j'en arrivai à la description du banquet, elle déclara qu'elle aimerait mieux mourir que d'être mise à un pareil régime.

« Ne dites pas cela, chère enfant, fit observer Mlle Saint-Espérit, dont la haute morale ne perdait pas une occasion de s'affirmer. L'homme sobre non seulement prolonge sa vie terrestre, mais en foulant aux pieds les vaines recherches des sens s'applique plus aisément aux choses de l'esprit. Saint Jean ne se nourrissait que de sauterelles. Les Pères du désert avaient pour tout aliment des raisins et des fruits sauvages, et leurs corps s'en trouvaient aussi bien que leurs âmes. »

En achevant ces mots, elle engloutissait une formidable tranche de galantine, ce qui affaiblit un peu l'effet des exemples cités plus haut. Elle en eut conscience, car elle reprit :

« Si ma délicatesse native et les prescriptions des médecins ne s'y fussent opposées, j'aurais voulu me contenter des mets les plus simples. Quelques légumes, un peu de laitage, l'eau claire des sources, eussent satisfait la frugalité de mes goûts.

— Des légumes, de l'eau claire, passe encore! m'écriai-je,

incapable de la suivre plus loin dans la voie du sacrifice. Mais la cuisine des chers frères?

— Je voudrais vous en voir essayer! » dit Meg railleusement.

A cette perspective, l'élan d'immolation de la bonne demoiselle s'arrêta net, et elle soupira :

« Leur vertu surpasse la mienne,... et puis l'habitude adoucit les répugnances physiques.

— Les gens du commun sont dépourvus de nos raffinements, continua Meg en pinçant les lèvres. Ils ne s'aperçoivent même pas de certaines privations que ne pourraient endurer des organisations fines et distinguées comme les nôtres, et ils se complaisent dans de rudes travaux qui briseraient nos forces.

— Heureuse disposition de la Providence! » s'exclama Mlle Saint-Espérit, levant les yeux au ciel et les rabaissant avec componction sur la tarte aux pêches qu'elle dévora sans scrupule, cédant aux exigences de sa nature trop délicate.

Elle nous favorisa ensuite d'un petit dithyrambe poétique où elle nous assimilait à des plantes de serre aux fragiles corolles, au subtil parfum, croissant dans une terre choisie, à l'abri d'un coton protecteur, pour devenir un jour l'ornement des salons, puis comparait le frère Claudien à un chou robuste et vert, poussé sans précaution dans un coin du potager, à tous les vents, pour nourrir de ses sucs le villageois modeste et le pauvre affamé.

« Ainsi, conclut-elle, trouvant enfin la sentence morale toujours cherchée, chaque être a ses aptitudes, son emploi, et concourt, dans la mesure de ses forces, à l'harmonie universelle, au merveilleux équilibre du grand tout.

— Chacun son métier, et les vaches seront bien gardées! » ajouta la mère Crustaud pour plus de précision.

Le métier du frère Claudien ou, pour mieux dire, sa contribution à l'équilibre du grand tout, ne devait pas être une sinécure; car le lendemain, quand je retournai à l'école, accompagné cette fois de Meg et de son institutrice, les choses y avaient déjà changé de face.

C'était un jeudi, jour de congé, et le frère Régimbertus en profitait pour compléter l'installation de la seconde classe, qu'il voulait inaugurer dès le lundi suivant. En attendant que la nouvelle construction fût terminée, le réfectoire des frères servirait de local provisoire, et depuis la veille on travaillait à sa transformation. De vieux bancs, de vieux pupitres s'alignaient déjà autour d'une chaire neuve en bois blanc. On avait suspendu aux murs des tableaux alphabétiques aux lettres grosses comme le poing, des ardoises déjà ornées de modèles d'écriture, la table de multiplication en caractères gigantesques, celle des poids et mesures, des cartes géographiques où les contrées se dessinaient en rose tendre, jaune, vert ou orangé, au milieu de murs d'un blanc céleste.

Le frère Régimbertus, rouge et animé, couvert de plâtre et de poussière, accroupi sur le sol, achevait de resceller des carreaux neufs aux places vides, aidé par le vertueux petit Picard. D'autres élèves allaient, venaient, feignant de travailler, mais ne cherchant qu'à se divertir de tout ce désordre.

Le petit Sainfoin jouait avec une poignée de clous, et le petit Gauchenet de son œil sournois regardait avec méfiance les livres, les cahiers, un bonnet d'âne flambant neuf, confectionné tout spécialement à l'usage des petits.

Le frère Cisturne, presque défaillant, essuyait à coups légers la gravure du bienheureux de la Salle, que le frère Claudien, debout au haut d'une échelle, attendait patiemment pour la remettre à sa place.

Le frère Claudien descendit pour saluer Meg et Mlle Saint-Espérit; puis, sitôt la présentation faite, il regagna son poste, nous laissant aux soins du frère Régimbertus, qui venait de placer son dernier carreau et accourait vers nous exultant triomphalement, plus bruyant que jamais.

Rien ne pouvait troubler sa joie. La pièce était trop petite : eh bien! on la chaufferait plus facilement l'hiver. Obscure : on y aurait moins chaud l'été. A se trouver d'abord un peu gêné, on apprécierait mieux ensuite les avantages de la future installation, si grandiose. Et, par delà les satisfactions présentes, l'excellent homme apercevait encore une série de radieuses perspectives le plongeant dans une félicité extatique.

Il se cambrait en arrière, étirant son pauvre dos moulu par les précédentes postures, et il croisait ses bras dans la pose du parfait repos, surveillant le bon petit Picard, qui enlevait soigneusement le plâtre resté par terre, avant de se retirer.

Soudain le supérieur décroisa les bras et bondit en avant.

« Attends, que je t'y prenne!... »

C'était le petit Sainfoin qui griffonnait quelque chose sur une des belles ardoises neuves. En y regardant de plus près, ce quelque chose était un bonhomme sur une échelle, représentation fantaisiste et peu flatteuse du frère Claudien.

Le frère Régimbertus fronça ses gros sourcils. Il n'aimait pas qu'on portât atteinte à l'autorité. Mais le frère Claudien se mit à rire du haut de son échelle, et tout le monde rit à son exemple, excepté le frère Cisturne, qui n'en finissait pas avec son bienheureux.

Le petit Sainfoin s'était sauvé après une grotesque cabriole, entraînant comme toujours les autres enfants, qui détalèrent à sa suite. La journée de travail était d'ailleurs finie. Le soleil se couchait de bonne heure à présent, et dans cette pièce mal exposée on n'y voyait déjà plus guère. Avec une phrase bien sentie, Mlle Saint-Espérit donna à son tour le signal de la retraite, et elle était sur le pas de la porte déclamant au frère supérieur une autre phrase non moins bien sentie, quand un grand fracas interrompit soudain sa période harmonieuse et nous fit retourner vivement.

Nous vîmes l'échelle à terre et le frère Claudien gisant sur le carreau. Le coup avait dû être rude, à en juger par la hauteur de l'échelle et le bruit de la chute. Cependant, avant même qu'on ait eu le temps d'accourir à son aide, le frère Claudien s'était relevé.

« Ce n'est rien, » dit-il tranquillement.

Il chancelait sur ses jambes, tout étourdi, et il tomba plutôt qu'il ne s'assit sur une chaise que lui approchait le frère Cisturne, pâle d'émotion. Le frère Claudien avait toujours son teint rouge et son sourire bénévole; mais une grosse bosse se formait déjà sur son front, et sa joue saignait très fort.

« Comment avez-vous pu tomber? » cria le frère Régimbertus, dont la bonté bourrue se traduisait volontiers en reproches.

D'une main tremblante le frère Cisturne désigna le petit Gauchenet qui s'enfuyait, et murmura :

« C'est lui, il a fait chavirer l'échelle!

— Ah! petit fripon! mauvais renard! cria le frère Régimbertus happant le coupable et le secouant d'importance. Voilà encore un de tes tours!

— Pas fait exprès! » geignit le délinquant.

Et le frère Claudien expliqua :

« Il a accroché l'échelle au passage. Cela peut arriver à tout le monde, et cet enfant est, j'en suis sûr, incapable d'une si méchante intention.

— Pas fait exprès! » répéta le petit avec son regard le plus terne et son plus idiot sourire.

Cette explication fort plausible ne suffit pas à calmer la colère du frère Régimbertus, qui était perspicace et qui connaissait le drôle; et, prenant son air le plus terrible, il déclara :

« Cette fois la mesure est comble. Va-t'en dire à ta mère que j'en ai assez comme cela. Aussi bien je perds mon temps avec toi. Tu as douze ans, et tu ne sais pas lire. Tu ne fais que des sottises. Je renonce à t'élever. Tu n'es pas du village; ta maison se trouve sur le territoire de Fargy : tu t'arrangeras avec l'instituteur de Fargy. Allons, file et ne reviens pas! »

Meg approuva de la tête cette sentence, et j'ajoutai avec la justice sévère à laquelle m'obligeait mon autorité prépondérante :

« Jeune Gauchenet, ta conduite est abominable, et j'en suis humilié pour ton pays et pour ton propriétaire. Ne compte plus désormais sur nos bontés. »

Mlle Saint-Espérit essaya d'une petite exhortation sentimentale.

Le pâle frère Cisturne lui-même retrouva quelques accents indignés, et le petit Gauchenet allait se retirer chargé d'opprobres, quand le frère Claudien intervint de nouveau et dit au supérieur avec toute la déférence requise :

« Je serais désolé que l'accident de ce soir donnât lieu à une mesure de rigueur. Si vous vouliez bien patienter un peu...

— Ma patience est à bout, répliqua le frère Régimbertus. Je ne veux plus de ce mauvais sujet dans ma classe.

— Mais moi, dont la patience est toute neuve, je pourrais le prendre dans la mienne.

— Libre à vous. Il est assez ignare, du reste, pour qu'on le mette avec les commençants. Mais, je vous en préviens, il a une tête de bois où vous ne ferez rien entrer. »

Le frère Régimbertus roulait de gros yeux et prenait une grosse voix; mais, au fond, il était trop tenace pour renoncer tout à fait à la conversion du petit Gauchenet, et il adhérait volontiers à une combinaison qui ménageait sa dignité sans enlever au coupable tout espoir d'amendement.

Aussi le lundi suivant, quand nous allâmes assister à l'inauguration de la nouvelle classe, le premier objet offert à nos regards fut la tête stupide du jeune Gauchenet émergeant du groupe des bambins qui formaient la seconde division.

Ceux-ci étaient bien drôles avec leurs minuscules pantalons, leurs grands tabliers de cotonnade, les casquettes à oreilles dont presque tous étaient coiffés.

Il y en avait de tout petits, âgés de quatre ou cinq ans, qui venaient à l'école pour la première fois, ne sachant encore que mettre leurs doigts dans leur nez. Un d'eux pleura pendant une demi-heure en disant qu'il avait mal aux dents, et ne se trouva soulagé qu'en grignotant une pomme que lui donna le frère Cisturne. On fit chanter à tous les élèves un cantique pour la circonstance, et cela ressemblait à un piaillement de moineaux, tant leurs voix étaient faibles.

Ensuite la leçon commença.

Nous aurions bien aimé nous assurer par nous-mêmes des talents de notre instituteur; mais, en dépit de son sourire débonnaire, quelque chose nous faisait sentir que nous étions de trop. Il n'avait pas les prévenances empressées, la cordialité bruyante du frère Régimbertus; il ne se rendait pas encore évidemment un compte exact de notre suprématie, et ses élèves, marmots stupéfiés, n'offraient pas non plus les mêmes ressources que ceux du frère Régimbertus. C'était fort ennuyeux de les entendre ânonner : « A..., A..., A..., B..., B..., B... » sans nul signe de compréhension, et la placidité du frère Claudien recommençant son explication sans jamais se lasser, de la même voix et du même air, me portait à la fin sur les nerfs. Pour changer je quittai ma place d'honneur, et j'allai demander au moins barbouillé des élèves combien faisaient deux et deux. Il me fixa, et soudain éclata en sanglots, la bouche ouverte et les poings dans les yeux.

« Nigaud ! » m'écriai-je.

Ses larmes redoublèrent.

« Avec les enfants il faut de la patience, » observa le frère Claudien.

Est-ce qu'il se mêlait de me critiquer? Je le regardai de très haut; mais son air tranquille me désarma, et, le laissant à sa tâche insipide, j'allai rejoindre au jardin le frère Cisturne, avec lequel j'échangeai quelques remarques sur le nouveau venu.

Si effacé qu'on soit, on a son opinion. Celle du frère Cisturne concordait avec la mienne. Le frère Claudien n'avait certainement pas l'activité, l'intelligence, l'instruction, l'ardeur qui faisaient du frère Régimbertus un des meilleurs sujets de la compagnie. Il manquait de finesse : il en avait donné la preuve lors de l'attentat du petit Gauchenet, dont la flagrante culpabilité n'aurait pas fait de doute pour un esprit éclairé. Il ne serait jamais la gloire de l'institut; son âge d'ailleurs et sa santé réduisaient ses moyens à peu de chose. Il marchait avec peine (en disant cela le frère Cisturne, tout fier de trouver plus éclopé que lui-même, allongeait complaisamment ses pauvres jambes grêles); mais enfin c'était une bonne et pieuse créature, dont l'obscur labeur suffisait à l'humble tâche assignée par l'impeccable sagesse du supérieur général.

Pour ces causes, le frère Claudien baissa de plusieurs crans dans mon estime, sans toutefois encourir ma défaveur.

Pour la solidité de l'édifice social, il est nécessaire que certains êtres soient placés en dessous, et on ne peut leur en vouloir de ce seul fait. Étendre sur eux sa protection, les laisser marcher à sa lumière est le devoir magnanime des forts, des vaillants, des illustres. A en croire notre portier, feu son oncle était comblé de présents et de bontés par le duc Jean, qui allait jusqu'à consulter sur bien des points ce modeste et fidèle serviteur, et je ne risquais pas de déroger en me mettant parfois au niveau du frère Claudien.

Néanmoins je ne fus pas tenté de retourner dans sa classe; mais le dimanche suivant, l'ayant rencontré près d'une ferme du château où il ramenait, après vêpres, deux enfants si petits qu'il avait probablement eu peur de les laisser se perdre en route, j'allai à lui, car il n'osait m'aborder, et avec courtoisie je lui demandai des nouvelles de sa bosse.

« Oh! cela va bien, dit-il négligemment.

— Votre blessure à la joue fait cicatrice.

— Beau malheur! Ma vieille figure en a vu bien d'autres!

— Où donc avez-vous attrapé la petite vérole? demandai-je encore avec plus d'intérêt que de discrétion.

— Pendant la guerre, dans les ambulances.

— Est-ce pendant la guerre aussi que vous avez été blessé à la jambe?

— Oui, un accident.

— Quel accident?

— Une balle égarée, par hasard.

— Vous étiez donc sur le champ de bataille ?

— Comme beaucoup de nos frères, pour relever les blessés. »

Il ne tenait pas à prolonger cette conversation, et, bifurquant soudain, il prit un petit sentier à travers champs.

« Où allez-vous, mon frère? dis-je surpris.

— Je rentre à la maison.

— Comment, par là? Je crois que vous vous trompez. Moi qui connais le pays, je ne suis jamais passé par ce chemin, et je vous conseille de suivre plutôt la route. »

Docilement il revint sur ses pas. Je m'ennuyais; je ne me sentais pas envie de rester seul, et l'idée qu'il avait été à la guerre me rattachait à sa société.

« Vous êtes fatigué, lui dis-je avec autorité. Je ne veux pas que vous repartiez sans vous être reposé un peu. Nous sommes à quatre pas du château, venez-y avec moi.

— Merci, me répondit-il hâtivement. Le frère Régimbertus m'attend, et j'ai ma leçon à préparer pour demain. »

Je l'arrêtai par le bras, et, pour dissiper la confusion timide où je le voyais, je déclarai :

« Je prends tout sur moi, et le frère Régimbertus ne grondera pas. D'ailleurs vous nous devez une visite. Ma sœur et son institutrice seront charmées de vous voir. Nous sommes très simples, sans prétention, et il ne faut pas que le château vous fasse peur.

— Le château ne me fait pas peur, dit-il avec une décision subite, rassuré par mes bonnes paroles. Allons ! »

VII

Il ne marchait pas très vite, quoiqu'il s'appuyât lourdement sur sa grande canne, et tandis que nous descendions l'avenue je cherchais le moyen d'introduire dans la conversation le sujet qui me brûlait toujours les lèvres.

Ouïr parler du duc Jean était sûrement fort agréable; mais parler de lui moi-même, révéler à un ignorant la glorieuse légende, m'en parer comme d'un souvenir personnel, intéresser, frapper l'esprit d'un autre par les mêmes choses qui avaient étonné, passionné, exalté le mien, me semblait un plaisir rare et nouveau.

Certes, dans son obscure carrière, le bon frère Claudien n'avait jamais entendu rien de pareil.

Nous franchissions la grille, et le frère Claudien s'arrêtait une minute, ébloui par la splendeur de notre résidence.

« C'est bien, n'est-ce pas? lui dis-je. Quand nous aurons restauré tout cela selon notre goût, le château deviendra très habitable. Il a un petit cachet aristocratique assez plaisant. Savez-vous que c'était l'ancienne demeure des ducs de Sommerive? »

Ce mot me remplissait tellement la bouche, qu'en le prononçant mes joues se gonflaient jusqu'aux oreilles.

Je fus assez dépité d'entendre le frère répliquer sans nul émoi :

« Oui, je le savais. »

D'un ton encore plus solennel je repris :

« Avez-vous entendu parler du dernier propriétaire, le duc Jean? »

Les yeux du frère Claudien eurent un petit clignotement d'hésitation, puis il répondit :

« Quelquefois... »

Je fus encore plus dépité. Intérieurement je maugréais contre ces indiscrets dont les bavardages prématurés vont

Meg fait la maîtresse de maison.

déflorer les plus beaux récits. A ce moment la mère Crustaud, qui nous avait vus venir de loin, ouvrait devant nous la grande porte en disant d'un air empressé :

« Ces dames sont au salon. »

Les dimanches qui ne sont pas jours de fête apportent avec eux un ennui particulier. L'arrêt du travail, combiné avec l'absence du plaisir, laisse un vide mélancolique, une tristesse spéciale, et Meg avait tellement bâillé depuis la grand'-messe, qu'un visiteur, si modeste fût-il, arrivait fort à propos.

Le frère Claudien avait suspendu son vieux chapeau à une patère du vestibule, déposé son bâton dans le porte-parapluies au coin à droite, enfilé l'escalier de lui-même, et tout soufflant, car l'ascension était dure pour lui, il s'arrêtait à l'entrée du salon.

« Décidément, mon frère, lui dis-je, vous êtes topographe! Vous connaissez dans nos propriétés des chemins que j'ignore, et ici, où vous n'êtes jamais venu, vous allez droit au but, comme si les lieux vous étaient familiers. »

Il soufflait trop fort pour pouvoir me répondre. J'entendais son haleine retentir dans la cage sonore du grand escalier, et je voyais sa poitrine se soulever à travers l'étoffe usée de sa soutane.

A ce moment Meg arrivait au-devant de nous. Elle fut charmante, fit servir du thé, joua très majestueusement à la maîtresse de maison, avec des politesses sans nombre pour l'invité et de petites réprimandes *sotto voce* pour les domestiques.

Mlle Saint-Espérit s'était enrhumée du cerveau à force de rêver aux étoiles sur la terrasse, chose malsaine avec les brumes d'automne. Aussi se drapait-elle frileusement dans son châle, secouée, à chaque mot qu'elle hasardait, par un formidable éternuement. Cela ne l'empêcha pas de nous vanter, en un langage poétique, le charme de cette fin de saison, le soleil adouci, le murmure du vent à travers les sapins, les brouillards tombant de la montagne comme un voile gris.

Malgré son attitude polie, le frère Claudien paraissait prendre à ce bavardage un médiocre intérêt. Ses yeux erraient comme involontairement autour de la pièce, et revenaient à nous par un effort visible pour recommencer bientôt leurs pérégrinations.

« Vous regardez les tableaux? lui dis-je, parvenant enfin à reprendre la parole. Je m'en vais vous les expliquer. »

Je me levai, il se leva, et je le promenai à travers le salon, lui expliquant au petit bonheur les sujets des diverses peintures qui décoraient les murailles. Je crois bien que je lui présentai un certain portrait de Sully sous le nom de maréchal de Sommerive, et une Anne d'Autriche comme l'épouse de ce guerrier.

Heureusement mon auditeur n'était pas en état de relever l'erreur ni l'anachronisme; il m'écoutait avec une attention convaincue, et, lorsque j'eus achevé, il prit congé en nous remerciant de notre bon accueil. Mais mon premier succès oratoire m'avait mis en goût, et je résolus de porter à son comble le bonheur de mon hôte en lui faisant admirer les autres curiosités de Sommerive, ce qui me fournirait une excellente occasion de placer mon histoire favorite, plus palpitante encore dans l'endroit même où ces péripéties s'étaient déroulées. Retenant donc le frère Claudien, qui s'apprêtait à redescendre l'escalier :

« Par ici, lui dis-je d'un ton plein de promesses. Je vais vous faire visiter les appartements du duc Jean. »

Il balbutia quelque chose, alléguant l'heure tardive, le frère Régimbertus, ma complaisance, dont il ne voulait pas abuser.

« Je suis tout à votre service, répliquai-je galamment, et comme je rentre au lycée la semaine prochaine, vous ferez bien de profiter de mon offre. Cela vaut la peine d'être vu. »

Je le poussais devant moi dans la bibliothèque, et déjà je commençais, répétant de mon mieux le boniment débité par le concierge à notre arrivée :

« C'est ici que le duc Jean passait la majeure partie de son temps. »

Alors seulement je crus remarquer sur le visage de mon frère une expression anormale. On eût dit qu'une pensée, une sensation, une émotion montait lentement des profondeurs de son âme, se reflétait dans ses yeux calmes, perçait à travers son masque rugueux. Ce phénomène devenait plus visible, plus incontestable à mesure que nous avancions dans notre pèlerinage, et d'abord je l'expliquai tout naturellement par l'irrésistible effet de mon éloquence.

J'entrais maintenant dans le vif de mon sujet, et le boniment du concierge, qui m'avait jadis tant ému, aurait paru bien pâle, bien mesquin, bien insignifiant, auprès de celui que j'improvisais avec un feu, un enthousiasme toujours croissant. Je graduais habilement les nuances. Je montrais le duc Jean dans sa prospérité paisible, le duc Jean grand seigneur, artiste, savant, rayonnant d'intelligence, d'élégance et de charme, son courage, sa force, son audace mâle et superbe, et je n'avais pas encore fait allusion au roman mystérieux, à la fin sublime et touchante qui était venue terminer sa brillante carrière par l'apothéose du malheur, quand nous entrâmes tous les deux dans la chambre de M. Louis de Sommerive.

Ma voix devint alors tragique, sépulcrale; l'hymne de triomphe fit place au chant funèbre, et lentement, avec des pauses graves, je contai le terrible épilogue.

J'avais ouvert les fenêtres toutes grandes au soleil couchant. Un rayon pourpre et or éclairait la pièce, tombant d'aplomb sur le canapé dont la tache sanglante ressortait, comme ravivée par cette lueur intense, et je la montrais du doigt, la signalant à l'attention, me portant garant de son authenticité. Je n'en avais plus peur à présent, ainsi qu'aux premiers jours. Elle faisait partie de mon poème; je n'aurais pas voulu qu'on me l'ôtât, et son horreur me semblait intéressante et grandiose comme un souvenir historique.

« C'est là que M. Louis de Sommerive s'est suicidé, et voici la trace du sang qui coulait de sa gorge ouverte. »

En achevant cette phrase, je regardai le frère Claudien.

L'effet, je l'avoue, dépassait mes prévisions.

Ses traits n'étaient pas changés, je crois que rien sur la terre ne pouvait plus bouleverser ce visage, figé dans sa placidité habituelle; mais un flot de sang violaçait sa peau, il s'adossait au mur, vacillant, les mains crispées comme s'il allait avoir une attaque. Défaillir pour une histoire si émouvante, si bien racontée soit-elle, me parut invraisemblable. Moi-même, si sensible, si vibrant, je n'en serais pas venu à pareille extrémité.

L'état où je voyais mon auditeur contrastait d'une façon si singulière avec son calme naturel, que je pris peur et que je demandai, m'interrompant tout d'un coup :

« Vous sentez-vous mal, mon frère? »

Il ne répondit rien; il ne m'avait pas entendu.

S'il allait pourtant tomber d'apoplexie, ajouter un nouveau drame à l'histoire de cette chambre fatale?

Ma peur s'accrut. Je le touchai en répétant :

« Vous souffrez!... Qu'avez-vous? »

A mon contact il tressaillit, et, comme si une détente se fût produite, son corps tendu se déraidit, et deux larmes coulèrent sur sa figure immobile, qui par habitude souriait encore.

Cette fois je compris qu'il s'agissait d'une crise morale, que sans le vouloir j'avais touché une fibre sensible, réveillé une douleur endormie, et, faisant un retour rapide sur le passé, l'idée me vint, confirmée par plusieurs indices, que ce vieillard connaissait de longue date Sommerive, ses anciens habitants, et peut-être l'histoire ténébreuse que naïvement je lui contais depuis une heure.

« Vous êtes venu déjà ici! m'écriai-je.

— Oui, » dit-il.

Sa franchise triomphait d'une réserve qui d'ailleurs ne m'aurait pas dérouté.

« Et vous avez connu le duc Jean? »

Il fit un signe affirmatif.

Avant tout je pensai, à part moi, au petit ridicule que je venais d'encourir, et je m'écriai de mauvaise humeur :

« Pourquoi ne pas me l'avoir dit tout de suite? »

Le frère Claudien baissa la tête, paraissant arrêté par une révélation délicate; puis de nouveau sa franchise l'emporta, et avec une bonhomie qui apaisa ma rancune :

« Mon Dieu! vous me comprendrez, monsieur Léon. Quand

je suis venu à Sommerive, il y a bien des années, j'étais dans une situation différente de celle que j'occupe à présent. Nos frères se recrutent un peu partout; on ne leur demande que de la bonne volonté, et l'on ne s'inquiète pas de leur origine. Du jour où nous entrons dans l'Institut, nous sommes le frère un tel, rien de plus, rien de moins, et cela vaut mieux à cause des élèves, qui seraient capables de nous reprocher notre naissance ou ce que nous avons été. »

Sous l'embarras du pauvre homme, je ne tardai pas à démêler ce qu'il n'osait pas me dire, peut-être par suite de la défense de ses supérieurs ou de ce petit reste d'amour-propre enraciné au fond de toute âme humaine. Le frère Claudien avait été domestique à Sommerive du temps du duc Jean.

Cette découverte, qui dépréciait un peu notre instituteur, me fut très désagréable; mais j'avais l'esprit prompt, et je me dis à part moi que, personne n'en sachant rien, la chose ne nous porterait pas grand préjudice et pouvait même avoir pour moi de précieux avantages. Je venais enfin de trouver un lien étroit et solide avec ce passé prestigieux, un moyen inespéré de me renseigner sur le duc Jean, pour l'imiter plus parfaitement encore, et surtout de connaître le secret qui depuis si longtemps harcelait ma curiosité.

« Soyez sans inquiétude, dis-je à l'ancien serviteur. Je suis un galant homme et incapable de trahir votre confiance ou de rappeler un passé estimable, mais inopportun. »

Ma générosité me charma. Le pauvre frère, ô faiblesse humaine! poussa un soupir de soulagement, et je poursuivis :

« Cessez de contraindre une émotion naturelle et touchante, que je serais désolé de troubler. »

Ce disant, je me retirai dans la pièce précédente avec une discrétion toute chevaleresque. Je dois ajouter que je regardais à travers l'entre-bâillement de la porte, ce qui était moins chevaleresque.

Resté seul, le vieillard s'était agenouillé, la tête posée sur le canapé, et au mouvement de son corps je crus deviner qu'il sanglotait. A celui-là encore le duc Jean avait laissé un regret profond, un souvenir intime et fidèle que je me promettais d'exploiter à mon profit.

Cette émotion fut de courte durée, et nulle trace n'en demeurait quand mon frère me rejoignit.

Il avait retrouvé sa contenance tranquille et bénigne; je semblais maintenant le plus agité des deux, tant j'avais hâte de le questionner, de feuilleter ce livre intéressant que la chance venait de placer à ma portée.

« Je vais vous reconduire, » lui dis-je, m'attachant à ses pas.

Et tout de suite en sortant du château je commençai :

« Vous aimiez surtout le duc Jean?

— J'aimais surtout son frère. »

Cette réponse m'abasourdit. Jusqu'alors M. Louis de Sommerive m'avait été représenté comme un assez triste sire, violent, vicieux, indomptable, livré aux passions dangereuses, sombre personnage qui, dans la légende, servait principalement de repoussoir à son aîné.

« Ah! et d'où venait cette préférence?

— Je m'occupais de lui davantage.

— Vous étiez attaché à son service spécial? Mais vous avez aussi connu le duc Jean?

— Oui, Monsieur..., à la fin.

— Alors vous étiez là au moment de la catastrophe? Savez-vous quelles ont été les causes déterminantes?

— Cela, Monsieur, personne ne le sait, que Dieu et le duc Jean. »

La solution que je croyais trouver m'échappait encore, et je dis très aigre :

« Comme le duc Jean est mort et que Dieu ne me fera point de révélations, j'ignorerai donc toujours le fond des choses?

— A quoi cela vous servirait-il de le pénétrer? répliqua le frère avec mélancolie. Tous ceux qu'intéressait cette triste affaire ne sont plus de ce monde, et leur vie a été assez tourmentée pour qu'on les laisse au moins reposer tranquillement dans leur tombe. »

Ces observations me parurent un peu hardies de la part d'un ancien domestique, et, pour bien maintenir les distances, je repris avec hauteur :

« Vous ne pouvez comprendre l'intérêt philosophique qui s'attache à l'étude des caractères. Celui du duc Jean a pour moi un attrait spécial; une sorte d'affinité intérieure règne entre nous. D'après ce que j'ai entendu dire, ses idées, ses habitudes, ses goûts étaient conformes aux miens. Certaines personnes qui l'ont connu affirment même que je lui ressemble physiquement. Est-ce votre avis? »

Les certaines personnes en question se résumaient dans mon concierge, qui, en s'extasiant sur cette prétendue ressemblance, faisait de moi tout ce qu'il voulait.

J'acceptais sa flatterie, car l'encens, même de dernière qualité, chatouille toujours agréablement le nez; mais j'aurais été bien aise de voir confirmer cette assertion par un auteur plus sérieux. J'attendais, assez perplexe, la réponse du frère Claudien.

Il avait levé les yeux sur moi, et il prononça, le coin des lèvres légèrement soulevé par son sourire ordinaire, un petit sourire discret, bien appris, de bonne maison, dont il avait contracté l'habitude chez son noble maître :

« Cette ressemblance ne me frappe pas. »

Sa réponse me désappointa, et j'insistai :

« Rappelez vos souvenirs.

— Ils sont vagues, au bout de tant d'années.

— Je m'étonne que les traits d'un si bon maître ne soient pas restés gravés dans votre cœur.

— Vous ai-je dit que le duc Jean fût un bon maître?

— Qu'entendez-vous par là?

— Qu'après tout c'était un homme fort ordinaire sur bien des points, et auquel je ne vous souhaite pas de ressembler. »

Sous l'habit du religieux, l'esprit de dénigrement, la basse ingratitude du mercenaire se cachaient encore. A ce coup, je me redressai indigné. Et manquer! manquer au duc Jean! Cet homme ne respectait donc rien! Qui s'en serait douté à son aspect bénévole?

« Mon frère, repris-je sévèrement, je ne sais sur quoi sont fondés vos griefs, et je ne veux pas m'en faire juge; mais je ne puis laisser attaquer une mémoire qui m'est sympathique, et que je me trouve en quelque sorte chargé de défendre comme le successeur, le remplaçant, le continuateur de cet infortuné duc Jean. Il n'est plus. Faisons silence, paix à ses cendres!... »

J'esquissai un grand geste qui imposa silence au frère Claudien, et, faisant un écart pour mettre entre nous la largeur de la route, je marchai bien cinq minutes sans rien dire, cuvant mon indignation. Au bout de ce temps l'apaisement se fit; je me rapprochai et je repris, comme si de rien était :

« Mon frère, est-ce que le duc Jean fumait la pipe? »

J'étais tiraillé depuis une quinzaine entre l'envie de fumer la pipe, comme mes camarades du lycée, et la crainte de déplaire aux mânes de mon héros.

« Non, je ne crois pas, » répondit le frère.

Le renseignement était précieux, la pipe condamnée. Je continuai hâtivement :

« Jouait-il au croquet? »

Nous avions eu à ce sujet une discussion, Meg et moi. Elle affirmait qu'on ne pouvait être gentilhomme sans se livrer à ce divertissement alors très à la mode.

« On ne jouait pas au croquet de son temps, mais il aimait beaucoup le jeu de paume. »

Le jeu de paume! C'était bon à savoir. Je me rapprochai un peu plus encore, et, toutes à la file, j'émis une foule de questions saugrenues que je n'avais encore osé adresser à personne. Nos voisins s'en seraient étonnés, mon diable de concierge en eût tiré parti contre moi, tandis que j'étais sûr de la discrétion du frère Claudien, placé en mon pouvoir par la connaissance que j'avais de son secret. J'usai délicatement de mon autorité, sans parvenir toutefois au résultat désiré. Quand mes questions étaient insignifiantes, le frère y répondait d'assez bonne grâce, avec ce même défaut d'enthousiasme à l'égard de son ancien maître qui m'avait déjà choqué profondément; mais, lorsque je voulais aborder l'histoire de la catastrophe finale, il retombait dans ces mêmes assertions vagues où tout le monde se renfermait là-dessus. Évidemment il n'en savait pas plus que les autres; son esprit borné, grossier, terre à terre, demeurait aussi incapable de pénétrer cette énigme mystérieuse que de comprendre, de juger, de goûter la grandeur morale, le mérite raffiné de l'admirable duc Jean. Son appréciation était bien une appréciation de subalterne, vulgaire, étroite, s'arrêtant aux choses inférieures, n'envisageant rien d'élevé.

Cependant, comme les plus petits détails qui se rapportent aux grands hommes ont de l'intérêt, je me promis de tirer parti de ces informations et de reprendre souvent cet entretien.

Nous arrivions à l'école. Le frère me dit adieu, non sans empressement, et je retournai au château, heureux comme un historien qui a mis la main sur un document inédit.

Malgré mes résolutions, il me fut impossible de garder longtemps cachée une découverte aussi remarquable, et la confidence que j'en fis, sous le sceau du secret, à chacune de mes trois compagnes en particulier, produisit un effet aussi puissant que varié.

Meg, un peu dépitée de s'être mise en frais pour un si modeste visiteur, déclara qu'avec son tact mondain elle l'avait bien jugé tout de suite tel qu'il était, pas chic du tout, et la mère Crustaud ajouta sentencieusement :

« La caque sent toujours le hareng! »

Tandis que Mlle Saint-Espérit, fidèle à sa mission moralisatrice, reprenait avec dignité :

« Vous vous abusez l'une et l'autre, et ce n'est point son humble extraction qu'on peut reprocher au frère Claudien.

Les plus éclatantes vertus n'ont-elles pas honoré les plus obscures conditions? Ce que je déplore, c'est que ce bon religieux se montre ingrat, c'est qu'il garde encore de mesquines rancunes, des passions mal éteintes, et qu'il n'ait pas su dépouiller entièrement le vieil homme; en un mot, que son âme n'ait point d'ailes. »

VIII

Fut-ce à cause de leur infirmité commune ou pour quelque autre motif? mais mon père et le frère Claudien sympathisèrent tout de suite.

« Eh bien! répondit mon père à l'exposé de nos griefs, si l'origine du frère Claudien est modeste, il n'en a que plus de mérite à être devenu ce qu'il est, un homme de cœur.

— Mais son hostilité à l'égard du duc Jean! »

Mon père se boucha les oreilles d'un air agacé.

« Je vous ai déjà dit de me laisser tranquille avec votre duc Jean. Je n'ai pas à prendre parti pour lui, puisque je ne l'ai pas connu. Je connais au contraire le frère Claudien, et je pense le juger à la façon dont il remplit sa tâche. Plût à Dieu que chacun de nous mît à la sienne autant de conscience et d'abnégation! »

En achevant ces mots, mon père me regardait de travers. Il avait trouvé mes devoirs de vacance horriblement en retard, et il ne s'était pas déridé en apprenant que j'avais lu beaucoup de livres de poésie, que je m'étais exercé dans la boxe, l'équitation, l'exercice, la danse, le jeu de paume et autres nobles passe-temps.

« Être bel esprit, homme de sport, homme du monde, c'est très joli, me disait-il, avec sa courte vue des choses; mais être un homme utile est bien plus important. Pour le moment, occupe-toi de ton baccalauréat. Le reste viendra ensuite. »

Je soupirais. Maintenant que j'avais goûté de la vie de château, de la grande vie aristocratique, d'une sorte de petite royauté, l'idée de renfermer mon illustre personne entre les quatre murs du lycée, de plier mon noble caractère à la discipline commune, me semblait presque sacrilège. Ce vieux castel aux vastes proportions, le jardin d'une majestueuse symétrie, le parc centenaire, les habitudes calmes, sérieuses, un peu monotones, que nous avions prises, toutes ces choses qui depuis deux mois formaient notre existence me semblaient, au moment de les quitter, doublement attachantes, presque indispensables, et je me figurais que moi aussi j'allais laisser un vide béant dans ce petit monde dont je me croyais le pivot; je me demandais avec angoisse ce qu'il allait advenir en mon absence des gens du voisinage, des entreprises du frère Régimbertus, de la vocation du petit Picard, de la scélératesse du petit Gauchenet, du grand salon désert, de l'ombre errante du duc Jean.

J'éprouvai donc une douce surprise quand mon père reçut une lettre du proviseur, annonçant qu'une terrible épidémie de fièvre typhoïde venait de s'abattre sur la ville, et que dans ces conditions la rentrée du lycée devait être remise à une époque encore indéterminée.

Jamais vacances ne m'ont été aussi agréables que ces quelques semaines de répit inespéré. Le mois d'octobre s'avançait, et, dans cette montagneuse région où le froid est précoce, nous jouissions des avantages réunis de l'hiver et de l'été. Les branches d'arbres se balançaient encore vertes au-dessus de nos têtes, tandis que les feuilles mortes, jonchant déjà le sol, craquaient sous nos pieds. C'était plaisir, après avoir couru dans la brume glaciale du matin, le visage cinglé par la bise, de se chauffer au soleil d'un superbe après-midi, et de finir la soirée au coin des vastes cheminées où flambaient les premiers feux.

Pour comble de bonheur, la saison des chasses avait amené un peu de mouvement dans le pays. Quelques réunions eurent lieu où nous fûmes conviés, ce qui faillit tourner la tête à Meg. Ce fut un déballage continuel de chapeaux à plumes, de gants beurre frais, de rubans et de pompons, un éblouissement de robes bleues ou roses, un frou-frou de jupons empesés, une active fabrication de papillotes, et quand, frisée comme un mouton et tirée à quatre épingles, ma sœur montait dans la voiture à côté de mon père, qui se faisait tout petit de peur de froisser ses jupes, la mère Crustaud s'exclamait avec enthousiasme :

« Qu'elle est belle, notre demoiselle ! Dans les salons il n'y aura d'yeux que pour la regarder. Pourvu qu'on n'aille pas nous la demander déjà en mariage ! »

De mon côté, Mlle Saint-Espérit me chuchotait avec inquiétude :

« Ne vous enivrez pas trop de vos succès, et méfiez-vous des jaloux, car ce n'est pas impunément qu'on brille dans le monde. »

J'étais convaincu que je brillais dans le monde, et, comme la bonne éducation de nos voisins ne leur permettait pas de me détromper, je déployais à l'aise les allures importantes que je croyais convenir à ma position. Cette idée s'était en effet invétérée de plus en plus dans mon faible cerveau, que je succédais au duc Jean par une sorte d'hérédité mystique, que je tenais sa place, que j'étais devenu lui en quelque sorte; et je frémis aujourd'hui en me rappelant les discours saugrenus, les actions grotesques, les inénarrables sottises où m'entraîna cette folle persuasion.

Le souvenir m'est resté, entre autres, d'une certaine partie de chasse où je faillis me tuer en tombant avec mon fusil, pour avoir voulu sauter légèrement un fossé trop large, et de la fureur de mon père, qui confisqua mon arme en déclarant tout haut :

« Quand on est pataud comme toi, on ne cherche pas à faire des gentillesses. »

Je serais demeuré inconsolable de cet affront, si le principal personnage de l'assemblée, mon ami le vieux général en retraite, n'eût aussitôt sollicité le plaisir de ma compagnie, distinction flatteuse qui me remonta un peu. Il me chargea avec bonté de son carnier, de ses cartouches, de tout son fourniment; puis, dès que nous fûmes hors de la vue des autres chasseurs, il me fit asseoir au bord d'un champ, où il passa l'après-midi à me rabâcher ses vieilles histoires, ce qui était sa manière favorite d'aller à la chasse.

C'est ce jour-là que, me montrant de loin une montagne assez haute, surmontée d'un bloc de rocher arrondi, d'où son nom la Roche-Courbe, il me conta l'un des derniers exploits de mon héros.

A la suite d'un pari, le duc Jean avait un jour escaladé à cheval ce cône abrupt, regardé comme presque inaccessible même pour les piétons.

« Il faut l'avouer, c'était un homme qui avait quelque chose de plus que les autres, conclut le narrateur avec un regain d'admiration. J'ai connu dans ma vie bien des gens de cœur, bien des soldats qui ne bronchaient pas en montant à l'assaut, qui se faisaient tuer comme on dit bonjour dans un moment d'enthousiasme. Mais ce que je n'ai jamais vu à un si haut degré que chez le duc Jean, c'est cette bravoure à froid, ce parfait empire sur soi-même, ce dédain complet de la souffrance et de la mort, qui à toute heure, pour tout sujet, le rendait prêt à affronter n'importe quel danger sans une hésitation, une réflexion, une émotion même contenue. Je me le représente toujours tel que je l'ai vu pendant cette terrible ascension : tout droit sur son cheval, aussi calme, aussi à son aise que s'il se fût promené dans une allée du bois. La bête était couverte de sueur. On entendait ses sabots glisser sur le roc, on voyait ses jarrets frémir, son poil se hérisser; il semblait à chaque pas qu'elle allait rouler avec son cavalier en bas de la montagne. Nous qui les suivions, nous en avions la chair de poule, et quand nous sommes arrivés enfin au but, sans accident, par miracle, nous étions tous pâles comme des morts, et moi qui ne suis pas nerveux, je sentais la tête me tourner. Lui, le duc Jean, il était frais, dispos, souriant; il se moquait de nous, et il offrait de recommencer. Pauvre duc Jean! C'est ce jour-là que je l'ai vu pour la dernière fois. Il est mort l'année suivante, et ce fut grand dommage, car c'était vraiment un crâne pékin. »

Le général tirailla sa barbiche d'un air mélancolique, et, tout attendri par cette oraison funèbre, je repartis à fond de train dans la région de mes rêves. Le souffle de l'héroïsme m'emportait, et, retraçant les exploits de mon héros en imagination, je me voyais déjà escaladant les rocs, superbe sur mon piédestal de granit, comme Napoléon sur sa colonne, et faisant dire de moi aussi :

« Le duc Léon était vraiment un crâne pékin. »

Ces beaux rêves d'avenir ne tardèrent pas à effacer les souvenirs humiliants des heures précédentes. Puis, pour me récompenser de mon attention docile, mon ami le général me ramena dans son break de chasse, le plus bel équipage du pays, ce qui acheva de me rasséréner.

Nous étions là-dedans une douzaine, très excités par les amusements de la journée. On causait, on riait. Il y avait des dames en belles toilettes. Les domestiques jouaient de la trompe. Nous passions comme une vision magique d'élégance et de plaisir à travers les forêts sombres, les champs solitaires, les pauvres villages éparpillés le long de notre route. Attirés par le bruit, les bûcherons sortaient des profondeurs du bois, les femmes se mettaient sur le pas des portes. Les petits enfants couraient après nous dans un nuage de poussière, haletant, agitant les bras, ne s'arrêtant qu'à bout de force et nous suivant encore de leurs yeux émerveillés.

En traversant Sommerive, ce fut un vrai triomphe. M. le curé lui-même se pencha à sa fenêtre, et nous salua en agitant sa barrette.

Les élèves des frères qui sortaient de la classe en bon ordre se débandèrent, et tous, y compris le vertueux petit Picard, nous firent cortège avec des cris de triomphe; il n'y eut pas jusqu'au frère Cisturne qui ne se traînât dehors pour nous regarder.

Du sommet de mon break j'adressais avec la main de petits gestes de reconnaissance et de protection, comme un bon prince répondant à l'ovation populaire. De loin j'aperçus le frère Claudien, qui débouchait d'un chemin creux suivi du petit Gauchenet. Ils me parurent petits, misérables, des pygmées, des points imperceptibles dans l'espace. Moi je me sentais immense, je dominais l'univers, et ma griserie n'était pas encore dissipée quand je me retrouvai au logis et sur mes deux pieds.

Pendant toute la soirée je pris de si grands airs, que mon père lui-même en fut troublé et n'osa plus m'appeler pataud. Je plongeai Mlle Saint-Espérit dans un délire héroïque, et la mère Crustaud dans une profonde épouvante, en leur confiant que je me sentais de taille à affronter les dangers tels que les généraux retraités eux-mêmes en auraient la chair de poule; et toute la nuit jusqu'au matin mon imagination trottina sur la Roche-Courbe, reconstituant la scène glorieuse qui m'avait si vivement frappé.

Quelques points cependant restaient à éclaircir qui me tracassaient fort. Quel cheval montait le duc Jean? Quel habit portait-il dans cette solennelle circonstance? Je n'avais pu savoir s'il avait des guêtres ou des bottes, une casquette ou un feutre. Ces détails avaient échappé à la mémoire du narrateur; mais ils étaient certainement restés dans le souvenir d'une autre personne, de l'ancien domestique du duc de Sommerive, et je brûlais d'aller me renseigner auprès du frère Claudien.

La chose n'était pas aussi simple qu'elle paraissait d'abord. Depuis la visite du frère au château, nos rapports demeuraient assez tendus.

Loin d'être touché par ma délicatesse chevaleresque, et de

me témoigner sa gratitude par une entière confiance, il avait été pris d'une mauvaise honte à me voir en possession de son secret. Sitôt que je faisais allusion à ses nobles maîtres, à l'humble passé dont il rougissait maintenant, il semblait

Le frère Claudien et le petit Gauchenet à l'harmonium.

gêné, il s'efforçait d'abréger l'entretien; je crus même m'apercevoir qu'il évitait ma présence. Cette manière d'agir, indice d'une grande bassesse de nature, achevait de le faire déchoir dans mon estime, et je m'étais promis de me renfermer désormais à son égard dans une indifférence hautaine.

Ce matin-là cependant la curiosité me talonna si fort, que

j'oubliai ces belles résolutions, et que j'arrivai à la maison d'école au moment même où la cloche sonnait la fin de la classe. A cette heure j'étais sûr de rencontrer le frère Claudien, qui n'aurait aucun prétexte pour se soustraire à mon interview.

Pourtant ce fut en vain que je le cherchai d'abord dans la salle d'étude, où les retardataires achevaient leurs pensums, puis dans la cour, où s'ébattaient joyeusement les élèves en récréation sous la surveillance du frère Régimbertus. Mais, en longeant le mur de l'oratoire, je m'arrêtai surpris. Une mélodie étrange s'échappait de là, une mélodie plaintive, étouffée, hachée, qui semblait produite par des instruments brisés, incomplets, vibrant toutefois avec une pénétrante douceur. C'était le vieil harmonium dont on jouait ainsi; je ne l'avais pas reconnu d'abord, tant il rendait des sons différents de ceux que ma sœur lui arrachait d'ordinaire; et à ses accords bas, timides, où la moitié des notes restait muette, se mêlait une voix presque aussi défaillante, une pauvre voix usée, cassée, qu'on entendait à peine, et qui demeurait pourtant très juste, singulièrement impressionnante.

J'étais entré sans façon, et le mystère s'expliquait. Dans la petite pièce aux cloisons de planches décorée du nom de chapelle, parce qu'on y venait réciter les prières du matin et du soir devant un autel de bois peint surmonté d'un crucifix, d'une bonne Vierge, et orné de deux vases de tulipes artificielles, le frère Claudien était assis en face de l'harmonium. Il s'escrimait de son mieux sur l'ingrate machine, manœuvrant péniblement les soufflets détraqués, transposant le clavier rebelle, tirant et renfonçant les jeux incomplets, haletant, la sueur au front, tout absorbé par son effort; et, aussi absorbé que lui, se tenait debout à ses côtés le petit Gauchenet. La face stupide de l'enfant semblait comme figée dans une contemplation béate, et dans ses yeux louches passaient des lueurs inconnues. On eût dit que lentement, goutte à goutte, quelque chose s'infiltrait dans sa cervelle, coulait au fond de lui-même, éveillant ce vague mystérieux qui dort dans les âmes obscures; et de temps en temps ses mains s'élevaient ou s'abaissaient en mesure d'un mouvement cadencé, irréfléchi, involontaire, de somnambule.

Au bruit que je fis en entrant, ils se retournèrent avec un effarement presque égal; puis le frère, se levant, vint à moi, un peu embarrassé, tandis que le petit Gauchenet s'esquivait prudemment.

« Que faisiez-vous donc là? dis-je, intrigué, comme nous sortions ensemble dans la cour.

— Vous l'avez entendu, un peu de musique.

— Et comment donc avez-vous pu apprendre la musique? demandai-je étourdiment.

— Mon Dieu, dit le frère, s'excusant presque, j'en ai entendu beaucoup dans mon jeune temps, et j'ai retenu quelques airs. »

Je comprenais. C'était à force d'écouter le duc Jean qu'il avait recueilli ces bribes de savoir musical, et je repris pour m'en assurer :

« Ne fredonniez-vous pas tout-à l'heure une des romances que chantait le duc Jean, et que j'ai retrouvée là-bas à Sommerive sur le piano de l'atelier? »

Il n'en disconvint pas et ajouta humblement :

« Il faut avouer que je la chantais bien mal. Par bonheur, mon auditoire n'est pas exigeant, comme vous avez pu en juger.

— Ainsi c'est au petit Gauchenet que vous donniez ce concert? repris-je, ne pouvant maîtriser mon hilarité.

— Oh! c'est la chose la plus singulière que j'aie vue de ma vie, » s'écria le frère Régimbertus, qui nous avait rejoints.

Et, tout en surveillant un groupe d'élèves qui jouait aux billes, il continua :

« Croiriez-vous que ce petit sauvage a la passion de la musique? La musique, c'est sa corde sensible. Le frère Claudien s'en est aperçu le premier, et avec une chanson ou un morceau sur l'harmonium, il obtint plus de cet enfant que je n'ai pu obtenir avec tous mes pensums. Vous verrez qu'il finira par le convertir. »

La conversion du petit Gauchenet était le cadet de mes soucis. Les mesquines préoccupations de ces existences vulgaires me faisaient sourire de pitié, comparées aux nobles aventures sans cesse présentes à ma pensée, et profitant du brusque départ du supérieur, appelé à l'autre bout de la cour par une dispute entre les joueurs de billes, j'abordai sans transition le sujet qui me tenait tant au cœur.

« Mon frère, étiez-vous là le jour où le duc Jean a monté la Roche-Courbe à cheval? »

Le frère me regarda avec surprise, comme si son esprit eût été à cent lieues de la question; il réfléchit, et rappelant ses souvenirs :

« Oui, je crois me rappeler...

— Pourquoi ne m'avoir jamais conté ce bel exploit? dis-je d'un ton de reproche.

— Je l'avais bien oublié moi-même..., et puis cela n'est guère intéressant.

— Pour vous peut-être. Mais moi, qu'aucune noble action ne laisse insensible, je serais bien aise d'avoir là-dessus certaines précisions. »

Je défilai mon questionnaire, auquel le frère Claudien répondit avec une complaisance légèrement ironique.

Cet homme n'avait décidément pas le sens du beau, du grand. Il ne s'échauffa un peu qu'en parlant du cheval, une bonne et vaillante bête appelée Ferragus. Le reste le laissait très froid, et les choses changent si bien d'aspect selon la manière dont on les présente, que, le récit du frère Claudien terminé, le duc Jean se trouvait réduit aux proportions d'un homme ordinaire, et la Roche-Courbe à celles d'une montagne de troisième catégorie.

« Vous ne nierez cependant pas qu'elle ne soit dangereuse, repris-je, irrité de ce dénigrement systématique.

— Toutes les montagnes sont dangereuses.

— Et que le duc Jean n'ait fait preuve en cette occasion d'un courage sublime?

— Ou plutôt d'une folle et bien inutile témérité.

— Brisons là, repris-je avec aigreur. Aussi bien nous ne pourrions nous entendre, car nous ne parlons pas la même langue. »

Avec toute la majesté dont j'étais susceptible, je pirouettai sur mes talons, et le frère Claudien profita de l'occasion pour aller rejoindre le frère Cisturne, qui, appuyé sur la margelle du puits, cherchait vainement avec de grands efforts à remonter un seau d'eau trop lourd pour ses faibles bras.

« Ils ne sont bien vaillants ni l'un ni l'autre, dit avec une douce pitié le supérieur, qui revenait à moi après avoir réconcilié les joueurs de billes; mais enfin ils font leur possible. Un brave homme, ce frère Claudien; manquant un peu d'initiative, mais bon, doux, sachant très bien prendre les enfants, qu'il amuse avec ses histoires et ses chansons. A ce propos, vous, monsieur Léon, qui vous y connaissez, que pensez-vous de ses talents musicaux?

— Peuh! il tapote. »

Le frère Régimbertus réfléchit un instant; puis, comme si les deux idées avaient eu un lien, il demanda :

« Est-ce que votre papa aime la musique? »

Je tenais les beaux-arts en trop haute estime pour avouer le peu de cas qu'en faisait l'auteur de mes jours, et je répondis :

« Certainement; certainement...

— J'en suis bien aise, » murmura le frère Régimbertus, que je laissai plongé dans sa méditation, comme quelqu'un qui agite de grands projets.

IX

« Monsieur, dit la mère Crustaud, comme mon père en pantoufles et en bonnet grec inscrivait les dépenses de la semaine dans son gros livre de compte; Monsieur, il y a du monde qui nous arrive dans l'avenue.

— Quelle foule! s'écria Mlle Saint-Espérit, dilatant ses yeux de myope. On dirait un bataillon. Pourquoi ce déploiement de forces militaires?

— Mais non, dit Meg, ce sont tout bonnement les frères avec leur marmaille; qu'est-ce qu'ils nous veulent?

— Nous dire adieu peut-être, puisque je pars demain, reprit bonnement mon père, ou se promener. Mère Crustaud, voyez donc qu'on les reçoive bien et qu'on leur fasse des tartines de confiture.

— Des confitures pour ces messieurs? Ils sont au moins quarante! » grommela la mère Crustaud.

Elle sortit avec humeur, puis reparut tout effarée.

« Monsieur, ils veulent entrer, ils veulent vous voir. Si c'est permis! sur un parquet ciré!...

— Faites-les monter, » dit mon père en souriant.

On entendit dans le vestibule un grand bruit de sabots, qu'on déposa au bas de l'escalier; puis les pieds revêtus de chaussons glissèrent discrètement le long des marches avec le bruit sourd, étouffé, traîtreux, d'une marche de conspirateurs.

Meg s'était précipitée sur mon père pour lui arracher son bonnet grec; je l'avais poussé vers un grand fauteuil doré comme un trône, tout au fond de la pièce. Nous prîmes place à ses côtés; Mlle Saint-Espérit, rejetant son châle sur son épaule, s'accouda gracieusement à la console, et la mise en scène était aussi complète qu'imposante quand le cortège fit son entrée dans la salle de réception, le supérieur en tête, comme de juste.

Celui-ci semblait à peu près le seul qui conservât son aplomb : le frère Cisturne était livide, le frère Claudien très rouge, le petit Gauchenet couleur pain d'épice. Les autres frimousses d'écoliers s'épanouissaient en un ricanement niais ou s'allongeaient consternées; le petit Sainfoin lui-même paraissait sur les épines.

« Monsieur Ravenot, commença le supérieur d'un ton solennel, vous excuserez la liberté que nous prenons de venir vous apporter nos vœux en ce beau jour de votre fête...

— La Saint-Alfred! le 28 octobre. C'est pourtant vrai, s'écria mon père. Voilà bien vingt ans que je n'y ai pensé, depuis que ma pauvre mère n'est plus là pour me rappeler la date. C'est trop aimable de vous en être souvenus... »

Sur un signe du frère Régimbertus, un léger mouvement se produisit dans les rangs pressés des élèves, et l'on en vit sortir un marmot joufflu, le plus jeune de l'école, portant avec gaucherie dans ses gros petits bras écartés un bouquet de fleurs artificielles entouré d'une immense collerette de papier blanc.

« Un bouquet! Oh! c'est trop aimable, » répéta mon père, qui se troublait.

Il n'était pas orateur, et il se tira d'affaire en embrassant le mioche et en donnant une poignée de main au frère Régimbertus. Mais la cérémonie ne faisait que débuter.

Nouveau signal, nouveau branle-bas.

Cette fois ce fut le petit Picard qui apparut, cramoisi jusqu'aux oreilles, l'œil hagard, et tenant un papier qui vacillait entre ses doigts tremblants.

« Va! mais va donc! » lui chuchotait le frère Régimbertus, le réconfortant d'une poussée amicale.

Le petit Picard fit appel à toute sa vertu, se moucha, se secoua et commença d'un ton mal assuré :

Généreux bienfaiteurs et dignes bienfaitrices!
Ah! daignez accueillir chacun dans ce beau jour
D'un cœur reconnaissant les modestes prémisses,
Nos fleurs, nos chants et notre amour!

« Des vers! » murmura mon père accablé.

Vous étendez sur nous votre sollicitude.
Par vous un sûr abri s'ouvre à nos jeunes ans.
Comment nous acquitter de tant de gratitude?
En nous montrant un jour dignes de vos présents!

Au nom de ses camarades, le petit Picard promit donc une sagesse éternelle, un travail continu, des succès exemplaires. Vinrent ensuite les souhaits avec une strophe gracieuse sur « l'ange de la maison », une autre sur « l'espoir de la race », autrement dit Meg et moi, une allusion sympathique à Mlle Saint-Espérit, un mot poli pour la mère Crustaud. A mesure que la récitation avançait, la figure de chacun des intéressés se déridait; le frère Cisturne, l'auteur de la pièce, respirait plus à l'aise, et le petit Picard avait le ton plus ferme, le débit mieux assuré. Mon père seul semblait en proie à une gêne croissante. Il se dandinait sur un pied, sur l'autre, balançait dans tous les sens le bouquet qu'on lui avait mis dans la main, regardait alternativement le parquet ou la fenêtre avec l'air confus et le sourire machinal de quelqu'un qui voudrait bien être à cent pieds sous terre, mais n'en doit pas convenir.

Quand le discours fut achevé, il poussa un soupir de soulagement; puis, cherchant ses mots, il balbutia :

« Je vous le dis, c'est vraiment trop... Je suis fort touché... »

A bout d'éloquence, il embrassa le petit Picard et donna une poignée de main au frère Régimbertus. Ces hommages lui causaient évidemment plus d'embarras que de plaisir. Je crus devoir venir à son aide, et me tournant vers le frère Cisturne, désigné comme l'auteur du chef-d'œuvre que nous venions d'entendre :

« C'est fort gentiment tourné, lui dis-je d'un ton approbateur, et l'on ne peut exprimer mieux de meilleures pensées.

— Vous avez ciselé là un bijou littéraire! » s'écria Mlle Saint-Espérit enthousiasmée.

Et la mère Crustaud elle-même approuvait du bonnet quand, pour la troisième fois, le frère Régimbertus referma avec un bruit sec le livre qu'il tenait toujours à la main.

Aussitôt les rangs se reformèrent, les mains s'abaissèrent sur la couture du pantalon, les yeux devinrent fixes, les bouches s'entr'ouvrirent, et comme un seul homme les élèves entonnèrent en chœur une chanson.

L'air simple, les paroles naïves bien à leur portée, ne contrastaient nullement avec leurs apparences rustiques, leurs bonnes grosses figures fraîches et réjouies. Il n'y avait rien là de cette affectation voulue, de cet effort pénible qui semblait transformer les enfants en singes ou en perroquets; ils y allaient de tout cœur; ils criaient à qui mieux mieux, pas très juste, pas très en mesure, mais avec un entrain qui faisait pardonner bien des choses, avec un plaisir qui finissait par se communiquer à l'auditoire.

Mon père avait changé d'attitude. Passant son bouquet à Mlle Saint-Espérit, qui le respira longuement, il s'était rapproché; il avait d'abord marqué la cadence avec sa tête; peu à peu, gagné par des réminiscences d'autrefois, il avait fredonné tout bas, puis s'était mis à chanter, lui aussi, plus faux que tout le monde, mais avec non moins de verve.

« Bis! bis! cria-t-il lorsqu'on eut achevé le dernier couplet. Voilà qui me fait plaisir, qui me rappelle le bon temps où j'étais moi aussi un petit garçon et élève des chers frères! »

On eût dit qu'un mur de glace venait de se fondre. Les enfants n'avaient plus peur; mon père n'était plus mal à son aise, on riait, on causait; la mine lamentable du frère Cisturne même s'épanouissait, et le frère Régimbertus, triomphant, répétait en se frottant les mains :

« Je savais que vous aimiez la musique, et j'ai voulu qu'on apprît un morceau en votre honneur; ça ne va pas mal, mais c'est autrement bien quand le frère Claudien accompagne à l'harmonium.

— Il pourrait accompagner au piano, cria Meg, gagnée par l'entrain général. Nous en avons un là-bas. Venez. »

Elle courait vers les appartements du duc Jean, suivie de toute la bande, qui se bousculait, curieuse.

En une minute l'atelier fut envahi.

« Au piano! au piano! » cria le frère Régimbertus, poussant le frère Claudien sur le tabouret placé devant l'instrument.

Il n'y avait pas à discuter, et, posant sur le clavier jauni ses doigts un peu enflés par les rhumatismes, le frère Claudien esquissa une courte ritournelle; puis le chœur repartit avec un nouvel éclat.

La gaieté était maintenant à son comble, encore accrue par l'entrée de la mère Crustaud, qui apportait une monstrueuse pyramide de tartines.

Sans le costume chocolat de mon père et sa manie de répéter à tout propos qu'il avait été élève des frères, les splendeurs de cette cérémonie m'eussent assez satisfait.

« Quel beau talent! disait Mlle Saint-Espérit, émerveillée par les petits arpèges timides du pianiste. De grâce, mon révérend, donnez-nous une nouvelle édition. »

Cette fois il se défendit, et, se levant, tâcha de regagner sa place. Mais je lui barrai le passage.

« Mlle Saint-Espérit a raison. A présent, mon frère, chantez-nous quelque chose. »

Il essaya de tourner la proposition en plaisanterie.

« On ne chante plus à mon âge.

— Vous chantiez bien l'autre jour à la chapelle.

— C'était différent. Aujourd'hui je ne peux pas.

— Ne méritai-je pas que vous en fassiez autant pour moi que pour Pierre Gauchenet? »

La manière dont j'appuyai sur *moi* et dont je prononçai Pierre Gauchenet suffisait à faire ressortir la distance entre mon auguste personne et l'infime créature, et à établir l'étrangeté scandaleuse de cette préférence.

« N'insiste pas, » soufflait mon père, contrarié.

Mais je m'obstinais, pris d'un caprice d'enfant mal élevé, et je repris d'un ton impérieux :

« Allons, mon frère, la romance de l'autre jour, la romance du comte de Chambord que chantait le duc Jean, *Hirondelle gentille.*

— Ne vous faites pas prier, ajouta le supérieur, qui n'y entendait pas malice. Puisque c'est la fête de M. Ravenot! »

Pendant une minute, la figure du frère Claudien se contracta. Il s'y peignait une sorte d'irritation, une sourde révolte qui faisait monter le sang aux joues, dilatait les pupilles, semblait prête à rejeter l'humilité voulue, la douceur apprise, la placidité de convention. Puis aussitôt, par un violent effort, le calme se refit, le sourire revint. La tentation était surmontée; et, se remettant au piano tout de suite, comme quelqu'un qui prend son parti, il commença :

Hirondelle gentille...

Hélas! que durent penser de cette profanation les échos de l'atelier habitués jadis aux accents harmonieux d'un grand artiste? Oh! cette pauvre romance autrefois chantée par le prince exilé, et après lui par tous les royalistes de France, aujourd'hui oubliée, démodée, presque ridicule! et cette pauvre voix faible, brisée, étranglée, tantôt vibrante avec un éclat inattendu, tantôt s'éteignant en un lamentable fiasco; cet effort douloureux, inutile, presque comique s'il n'eût été navrant, et cette mine des écoliers, les uns inconscients, les autres contenant leur rire; le frère Régimbertus satisfait quand même, le petit Gauchenet et Mlle Saint-Espérit en extase malgré tout; mon père embarrassé, furieux, souffrant dans son bon cœur plus que l'intéressé lui-même, et moi, gêné comme quelqu'un qui vient de faire une mauvaise action et n'en veut pas convenir!

« Quels couacs! » chuchotait Meg, avec cette niaiserie de certaines jeunes filles qui par état se croient tenues de plaisanter toujours à tout propos.

Le frère Claudien achevait, et ses dernières notes s'éteignaient comme dans un sanglot, tandis que ses mains hâtives, nerveuses, frappaient l'accord final.

Un silence suivit: mon père cherchait un compliment qui ne fût pas dérisoire; je boudais, le frère Régimbertus sentait vaguement que son collaborateur venait de subir un échec. Ce fut Mlle Saint-Espérit qui sauva la situation avec son infatigable enthousiasme, sa conviction que rien ne pouvait troubler.

« Chère romance! s'écria-t-elle, cela m'a été au cœur! Cette pauvre petite hirondelle qui voudrait voleter vers le pays natal et qui s'arrête à la grille! Et comme vous avez bien exprimé, mon révérend, les sentiments de cette âme brisée!... J'en suis tout émue ! »

Elle s'essuyait les yeux, et l'attention, se portant sur elle, se détourna du frère Claudien. La mère Crustaud, qui distribuait des tartines, fit une nouvelle diversion, et je crois bien que le frère Claudien lui-même, redevenu tout souriant, avait oublié l'épisode quand, à la nuit tombante, le cortège se retira en bon ordre comme il était venu, ne laissant derrière lui en souvenir de ce beau jour que des empreintes boueuses sur les parquets cirés, une forte brèche dans l'armoire à provisions de la mère Crustaud et une affreuse migraine à mon pauvre père.

« Je n'aime pas ces manifestations, déclara-t-il. Ces remerciements publics pour une chose sans importance me mettent mal à l'aise; et puis la voix de pauvre vieux frère m'a fait de la peine. C'était égoïste et cruel de le faire chanter dans un endroit qui lui rappelle peut-être des souvenirs affligeants, de l'obliger à montrer qu'il ne lui reste pas la force de pousser un son, qu'il est fini, usé jusqu'à la corde, un vrai débris enfin! Ne plus être ce qu'on a été, devenir incapable de ce qu'on a su et aimé à faire autrefois, est une des plus grandes misères de notre pauvre vie. Vous ne comprenez pas ça, parce que vous êtes jeunes; mais moi, j'en ai déjà conscience. Depuis mon rhumatisme de l'année dernière, je ne peux pas même lever une bûche de la main gauche sans dire aïe! et j'en enrage souvent. Je suis sûr que vous avez fait de la peine à ce brave homme.

— Oh! dis-je avec dédain, il n'a pas l'épiderme si sensible! Un ancien domestique! »

Mon père avait les idées très justes, mais la parole un peu difficile. Ma réponse l'irrita vivement, car il roula des yeux terribles, mâchonna quelque chose sur mon insolence, ma sotte vanité, le besoin que j'avais de rentrer au collège pour apprendre à vivre; puis, ne trouvant pas à formuler sa réprimande avec assez d'énergie, il se leva brusquement et s'en alla en tapant la porte derrière lui, ce qui parut à Meg de la dernière inélégance et causa à Mlle Saint-Espérit un tel ébranlement nerveux, qu'elle dut se retirer dans son boudoir pour y respirer des sels.

J'étais très vexé. D'abord je me sentais dans mon tort, ce qui est toujours pénible; ensuite mon orgueil, démesurément grandi en ces derniers temps, me rendait insupportable le plus léger reproche; enfin l'allusion à ma rentrée au lycée, maintenant imminente, me plongeait dans une profonde mélancolie. J'avais besoin de m'en prendre à un autre qu'à moi-même de ces divers désagréments, et ce fut pour moi une véritable bonne fortune que de voir la mère Crustaud reparaître l'œil en feu, les lèvres tremblantes, les bras battant l'air d'un mouvement fébrile, et de l'entendre s'écrier :

« Monsieur..., Monsieur..., ces enfants des frères, c'est des malotrus, des ingrats, des serpents. Monsieur perd bien son temps et sa bonté à faire élever ces petites fripouilles. Ce n'est pas l'école qu'il leur faudrait, mais bien plutôt la prison. »

A cette véhémente diatribe, mon père, qui venait de retrouver un peu de calme en se remettant à ses comptes, s'émut de nouveau, car il savait la mère Crustaud femme à ne pas perdre la tête pour rien, et il demanda :

« Qu'avez-vous? Qu'est-il arrivé?

— Ces billets de banque que Monsieur avait sortis pour régler le compte de la semaine et qui étaient sur le coin de la table, dans une enveloppe blanche.

— Eh bien?

— Ils n'y sont plus! »

D'un coup d'œil hâtif, mon père inspecta sa table et constata la disparition. Il ne plaisantait pas sur les choses graves, et ses sourcils se froncèrent terriblement.

« Hein! quoi? en êtes-vous sûre? Il ne faut pas se tromper quand on porte des accusations pareilles.

— Monsieur, je ne me trompe jamais quand il s'agit d'argent. Lorsque les enfants sont entrés, l'enveloppe était là, Monsieur le sait, et moi je le jurerais en justice. Elle n'y est plus, Monsieur le voit. Il n'est venu ici que ces enfants et nous, et l'enveloppe ne s'est pas envolée toute seule.

— Ah bah! dit mon père, de plus en plus sombre. Comment soupçonner des enfants si jeunes?

— La perversité n'a pas d'âge, Monsieur, et il y a parmi ces gamins de vrais sacripants. Ce petit Gauchenet, par exemple...

— On n'accuse pas les gens sans preuves, dit sévèrement mon père.

— Je n'accuse pas, Monsieur. Je dis seulement que quand on laisse entrer chez soi un garnement de cette espèce, on devrait avoir l'œil à tout. »

Mon père se leva et se mit à marcher de long en large d'un air soucieux. Ses souvenirs concordaient avec ceux de la mère Crustaud. Il se rappelait parfaitement avoir laissé l'enveloppe sur sa table, l'y avoir vue pendant toute la première partie de la visite. On avait pu s'en emparer facilement, grâce à la bousculade qui s'était produite lorsqu'on s'était rendu à l'atelier. Plus mon père réfléchissait, plus le vol lui semblait probable, et sa bonne figure était toute rembrunie lorsque, après de nouvelles recherches et de nouvelles méditations, il déclara avec un gros soupir :

« Cette affaire doit être tirée au clair, et le plus vite possible, ne serait-ce que pour ne pas garder de soupçons injustes. Peu m'importe la perte de cet argent; mais, au point de vue moral, le fait est grave. Léon, va-t'en raconter la chose au frère Régimbertus pendant qu'il est temps d'aviser, et n'en parle à personne autre. Surtout qu'on montre de la prudence, de la discrétion et de l'indulgence au besoin. »

Le rôle de justicier m'agréait trop pour que je ne fisse pas diligence, et je partais déjà sans même écouter les recommandations de mon père.

Néanmoins, presque tous les élèves étaient déjà rentrés chez eux quand j'arrivai à l'école.

J'avais eu le temps de préparer mon petit discours, et ma communication, faite dans les termes les plus émouvants, impressionna vivement le supérieur, qui se récria d'abord :

« Un voleur parmi nos enfants! non, ce n'est pas possible. Je répondrais de tous comme de moi-même, hormis... »

Il hésita, mais je compris sa pensée.

« Frère Cisturne, dit-il, appelez, je vous prie, le frère Claudien. »

Le frère Cisturne, défaillant presque, tant il était affecté, alla chercher son collègue. Mis à son tour au courant de l'affaire, le vieux frère eut un premier moment de pénible émotion, puis il dit énergiquement :

« Il y là-dessous une erreur. »

Ce démenti donné à notre sagacité me blessa au vif. Mon importance pompeuse me rendait assez amusant ce petit drame où je tenais une place si éminente, et mon aversion pour le frère Claudien me faisait presque désirer un scandale qui lui serait désagréable.

« Nous prenez-vous donc pour des calomniateurs? répliquai-je aigrement.

— Non, certes; mais tout le monde peut se tromper.

— Expliquez-nous donc alors comment les billets de banque ont pu disparaître.

— Je n'en sais rien; mais ce que je sais, c'est qu'aucun de nos enfants n'est capable de les avoir soustraits.

— Aucun? repris-je d'un ton railleur. Il y en a bien au moins un, dont moi je ne répondrais pas, malgré sa conversion de fraîche date. »

Le frère Régimbertus et le frère Claudien se regardèrent, en secouant la tête d'un air inquiet.

« Eh bien! non, reprit le frère Claudien se redressant, non; quoique les apparences soient contre lui, ce n'est pas Pierre qui a fait cela; je vous assure que ce n'est pas lui. »

Sa voix était anxieuse, suppliante, profondément troublée.

Je vis que j'avais frappé juste, et avec cette ivresse cruelle d'un triomphe mauvais je continuai :

« Oh! cela n'aurait rien d'étonnant de sa part. Cet enfant a toujours été vicieux, et ce ne serait pas sa première faute.

— Il est encore ici, dit le frère Régimbertus avec un gros soupir, et le plus simple serait de l'interroger.

— N'allons pas si vite en besogne, reprit vivement le frère Claudien. Ne pourrait-on encore réfléchir, chercher, s'informer avant de lancer une imputation si grave? »

Le supérieur se grattait la tête, perplexe.

« On ne peut montrer trop de prudence en pareille matière, reprit le frère Claudien très agité. Songez aux conséquences possibles d'un soupçon exprimé à la légère, à la révolte de cet enfant s'il est innocent, et s'il était coupable, ce que je ne crois pas, aux extrémités où son désespoir pourrait l'entraîner.

— S'il est innocent, il se justifiera, dis-je brutalement; et s'il est coupable, peu m'importe ce qu'il fera.

— Ah! vraiment! dit le frère en me regardant en face. Peu vous importerait, même s'il arrivait quelque malheur?... »

L'accent qu'il mit à ces derniers mots était si singulier, qu'involontairement je tressaillis. Puis l'idée me sembla tellement absurde, l'émotion du vieillard tellement hors de propos, que je haussai les épaules en répliquant :

« L'intérêt que vous portez à votre favori vous entraîne un peu loin, mon frère. Ainsi, d'après vous, jc dcvrais mo laisser voler pour ménager la délicatesse de ce petit gredin! Drôle de façon de concevoir la justice!

Le petit Gauchenet accusé de vol.

— La justice exige le châtiment du coupable, si coupable il y a, dit fermement le vieux frère. Mais, à côté de la justice, il y a la bonté qui ne perd jamais ses droits. On peut reprendre avec douceur, punir avec modération, avoir pitié même des méchants. Dieu ne veut pas la mort du pécheur, mais qu'il se convertisse et qu'il vive. Et lequel de nous, à un moment ou à un autre, n'a pas eu besoin d'indulgence et de miséricorde? »

Cette assimilation entre le petit Gauchenet et le commun des mortels où je me trouvais compris m'exaspéra, et la conversation tournait à l'aigre quand le petit Gauchenet parut à l'improviste, amené par sa malechance habituelle.

« Ah! te voilà, mauvais drôle! m'écriai-je, emporté par l'ardeur de la discussion et ne songeant qu'à confondre en sa personne les prétentions de mon adversaire. Approche, et sois franc si tu peux. »

Le petit Gauchenet me contempla d'un air ahuri.

J'avais grossi ma voix, plissé mon front selon cette bonne méthode des juges qui consiste à effrayer si bien le prévenu, que, se sentant condamné d'avance, il n'essaye même pas de se disculper.

« Qu'as-tu fait, malheureux? repris-je. Comment as-tu reconnu les bontés de mon père? Tu n'as donc ni cœur ni conscience, que tu oses encore me regarder en face! »

Le petit Gauchenet baissa docilement les yeux.

« Oui, oui, continuai-je, tu détournes ton regard, tu tâches de dissimuler, tu joins le mensonge à la fraude; mieux vaudrait avouer, car... »

Sans la moindre déférence, le frère Claudien me coupa la parole.

« Viens ici, mon petit Pierre, » dit-il doucement.

La face idiote de l'enfant s'éclaira, et il obéit sans hésiter.

Le frère l'attirait à lui d'un geste paternel, passait la main sur sa tête ébouriffée, le tenant sous son regard clair, triste et pénétrant.

« Vois-tu, mon pauvre petit, lui dit-il, un vol a été commis aujourd'hui chez M. Ravenot. Quelqu'un, pendant notre visite, a pris de l'argent, des billets de banque qui étaient sur une table. On ne te soupçonne pas plus que les autres, mais il faut bien qu'on vous interroge tous pour savoir la vérité. Si par malheur tu t'étais laissé entraîner à cette vilaine action dont tu n'as pas compris la portée, tu ne voudrais pas y ajouter encore un mensonge et le péché très grave de laisser accuser une autre personne innocente. Tu sais combien le bon Dieu déteste tout ce qui est mal; tu sais aussi qu'il pardonne à ceux qui se repentent et réparent leurs fautes. Réfléchis bien, et, quoi que ta conscience te reproche, hâte-toi de me l'avouer. Personne ne t'aime plus que je t'aime. Il faut donc me croire et faire ce que je te dis pour ton bien. »

Le petit Gauchenet avait relevé la tête, et sa physionomie trahissait le pénible effort qu'il faisait pour comprendre.

« As-tu pris quelque chose chez M. Ravenot? continua le frère plus doucement encore.

— Non, répliqua l'enfant sans hésiter. Je n'ai rien pris.

— Bien sûr?

— Je ne vous ai jamais menti, cher frère.

— Allons! m'écriai-je, trouvant que la scène manquait d'énergie et voulant reprendre la direction de l'interrogatoire, pas tant de simagrées. Avoue tout de suite, si tu veux mériter notre indulgence; car qui donc aurait fait le coup, si ce n'est toi? »

Le petit Gauchenet se releva, pâle, tremblant, les traits bouleversés. Il promena autour de lui des yeux hagards, et, ne voyant que mines sévères, il se rejeta dans les bras du frère Claudien en s'écriant :

« Je ne suis pas un voleur! »

Puis il se mit à fondre en larmes, pris d'un désespoir subit, immodéré, dont on n'aurait pu le croire susceptible.

Ainsi, au fond de sa nature incomplète restait donc un point vulnérable, ce sentiment de l'honneur qui fait l'être moral et que nous venions d'atteindre. L'injustice dont on usait envers lui, sans qu'il pût se l'expliquer ni s'en défendre, bouleversait l'esprit du pauvre diable, et, en proie à une véritable crise nerveuse, il se cramponnait à son protecteur, répétant avec un indéniable accent de vérité :

« Je n'ai rien pris, je ne suis pas un voleur!

— Non, non, je le crois; console-toi, mon pauvre petit, disait le frère Claudien, le caressant et lui parlant tout bas sans parvenir à l'apaiser.

— Après tout, rien ne le désigne plutôt qu'un autre, déclara le supérieur contrarié, et vous avez parlé trop vite, monsieur Léon. »

Le plaisir d'être désagréable au frère Claudien m'avait en effet entraîné au delà de mes intentions; je me sentais assez penaud, et j'aurais donné beaucoup pour me justifier en établissant la culpabilité du petit Gauchenet.

« Qui serait-ce donc si ce n'est pas lui? » demandai-je.

Sans répondre, le frère Régimbertus allait et venait d'un air soucieux; le frère Cisturne gardait un silence consterné, et l'on n'entendait plus que les pleurs du petit Gauchenet et le chuchotement attendri de son consolateur, quand, la porte s'ouvrant soudain brusquement, mon père parut.

Il avait marché vite, plus vite que sa corpulence ne le lui permettait, car il était en nage. D'un coup d'œil il observa notre groupe et devina ce qui se passait.

« Maladroit! » me dit-il à demi-voix.

Puis, s'adressant au supérieur :

« J'avais recommandé à mon fils d'agir avec prudence et discrétion, deux qualités rares à son âge. J'aurais dû venir moi-même, ou plutôt ne rien faire du tout, car il n'y avait rien à faire. Aucun vol n'a eu lieu chez moi, et je suis désolé de l'erreur involontaire et de l'esclandre auxquels j'ai donné lieu. »

Le supérieur poussa une exclamation joyeuse. Les pleurs du petit Gauchenet se tarirent tout d'un coup; le frère Cisturne faillit s'évanouir.

« Aussi qui pouvait deviner une chose pareille? continua mon père, s'échauffant au souvenir de sa mésaventure. Cette pauvre Mlle Saint-Espérit n'avait-elle pas pris l'enveloppe où étaient mes billets de banque pour celle qui contenait les vers du frère Cisturne? Heureusement qu'elle a voulu les relire, et c'est seulement quand elle a eu le nez dessus qu'elle s'est aperçue de sa sottise. Au diable les myopes et les gens distraits! Vraiment, je ne sais comment m'excuser. Arrive, mon pauvre garçon, et touche-moi la main. »

Non sans hésitation, le petit Gauchenet s'approcha et mit sa main noire dans la main de mon père.

« Dis-lui aussi, Léon, continua celui-ci, que tu es fâché de lui avoir fait de la peine. »

J'avais la gorge serrée. Cet échec public me remplissait de confusion, et, ne trouvant pas dans mon esprit étroit une de ces bonnes paroles qui effacent tout, je restais silencieux, laissant mon pauvre père s'épuiser à réparer ma bévue. Il s'excusa encore auprès du supérieur, consola tout à fait le petit Gauchenet, et le renvoya muni d'un présent généreux.

Seul le frère Claudien était resté silencieux, triste, évidemment impressionné. C'est à grand'peine si mon père parvint à le distraire en lui faisant l'éloge de son élève favori.

« Il est vrai que cet enfant s'amende depuis quelque temps d'une façon surprenante, dit le frère Régimbertus, déjà revenu à sa bonne humeur habituelle. Vous savez le souci qu'il nous donnait, les vilains tours qu'il jouait à tout le monde. En guise de bienvenue n'avait-il pas failli tuer le cher frère Claudien quand il le fit tomber d'une échelle! Je désespérais de lui; je voulais le chasser de l'école. Le cher frère s'y est opposé, l'a pris dans sa classe, et au bout de huit jours on ne le reconnaissait déjà plus; il s'est attaché à son maître au point d'en devenir gênant: le cher frère ne peut plus faire un pas sans l'avoir à ses trousses, et le voilà maintenant devenu peu à peu tranquille, obéissant, aussi studieux que le permet son intelligence. Si cela continue, il aura la croix de sagesse la semaine prochaine, et M. le curé parle de l'admettre à la première communion. Pour moi, c'est un miracle, et si vous en voulez l'explication, demandez-la au frère Claudien.

— La chose est bien simple, répliqua le frère Claudien. J'ai usé du moyen le plus sûr : ne pouvant m'adresser à l'intelligence de cet enfant, je me suis adressé à son cœur. Je l'ai aimé, et il s'est attaché à moi, car il est très sensible.

— Sensible! le petit Gauchenet! m'écriai-je avec un rire un peu forcé, sensible... comme une bûche, un idiot, dont on ne fera jamais rien. »

Je ne pouvais exhaler ouvertement ma rancune stupide, et, faute de mieux, je tâchais de me soulager par un mordant persiflage.

« On ne peut juger d'une façon absolue un enfant de douze ans, reprit le frère Claudien sans se troubler. La raison et le cœur s'éveillent plus ou moins tôt, selon les natures ou les circonstances. J'ai connu pour ma part des enfants, des jeunes gens même dont on n'espérait rien, qui ne manifestaient encore que des défauts. On aurait dit une terre ingrate, où ne croissaient que de mauvaises herbes. Et puis venait une émotion, une grande leçon de la vie, un rayon de soleil ou une averse, et les bonnes semences germaient, on voyait mûrir une récolte inespérée. Ces pauvres petits n'étaient pas mauvais, ils n'étaient que tardifs. »

J'eus la sensation vague que le frère Claudien avait glissé un coup d'œil de mon côté, que dans cet apologue il n'avait peut-être pas visé uniquement le petit Gauchenet; mais l'irrévérence eût été telle, que je ne pus y arrêter ma pensée. Je repris néanmoins d'un ton provocateur :

« Vous aurez beau dire, votre protégé ne sera jamais qu'un déplorable sujet. Il suffit pour s'en convaincre de rappeler ses antécédents.

— Un enfant de cet âge n'est pas toujours complètement responsable de ses actes. Ce pauvre petit n'a qu'une demi-intelligence. Sa mère, une femme sans principes, sans religion, lui a donné de mauvais conseils, de pires exemples. Faut-il lui reprocher ces malheurs? Qui sait si en d'autres mains il n'eût pas été un être tout différent, si maintenant encore, avec la grâce de Dieu et les bienfaits de l'éducation chrétienne, il ne deviendra pas un honnête homme! »

Le frère s'échauffait, son œil voilé reprenait un éclat juvénile. J'avais déjà remarqué cette animation qui s'emparait de lui dès que l'on touchait à cette grande théorie de l'éducation chrétienne et morale, base de son ordre, raison d'être de sa propre existence, *son dada,* comme le disait élégamment Meg.

Mon père, qui s'était tu jusque-là tout en m'adressant des signes répétés d'improbation, se leva tout d'une pièce et, s'approchant, posa la main sur l'épaule du frère.

« Eh bien! dit-il, si ce que vous dites arrive, si ce pauvre petit diable devient un honnête homme, le bon Dieu vous en tiendra compte, car voilà un enfant qui était perdu et que vous avez sauvé! »

Un sourire tel que je ne lui en avais encore jamais vu s'épanouit sur la figure du frère Claudien. Il me sembla même que ses paupières frémissaient, comme si une larme y fût montée.

Dans l'état d'esprit où je me trouvais, cette conclusion acheva de m'exaspérer; et sans paraître voir la main que me tendait le vieux frère, je sortis d'assez méchante humeur à la suite de mon père, qui se mouchait fortement, sa manière habituelle de dissimuler son émotion.

Pendant quelques minutes nous marchâmes en silence; puis, comme nous approchions du logis, mon père s'arrêta, et donnant soudain libre cours aux idées qui le travaillaient :

« Eh bien! me demanda-t-il, toi qui es une âme sensible, toi qui t'enflammes pour toutes les grandes choses, ce que tu viens d'entendre ne t'a-t-il rien dit? Ne trouves-tu pas beau de voir un homme vouer toute sa vie à l'amélioration de ses semblables, consacrer son intelligence à éclairer les ignorants, son cœur à aimer les abandonnés, ceux que tout le monde rejette et dédaigne? Quelle œuvre plus noble, plus utile, quel renoncement plus absolu, quel sacrifice plus complet?

— Oh! repris-je ironiquement, cela dépend des circonstances. Le frère Claudien est un honnête homme, je ne dis pas le contraire; mais sa vocation me semble fort peu méritoire. Son service d'à présent est moins pénible que celui qu'il faisait autrefois et lui vaut en outre des égards, une situation inespérée. Je ne puis donc m'extasier sur son sacrifice! D'ailleurs, à quoi serait-il bon à son âge, infirme comme il l'est? C'est un vieux débris... »

Mon père frappa impatiemment par terre avec sa canne.

« Ce que tu dis es mal, déclara-t-il. Depuis quelque temps, je vois avec peine que tu files un mauvais coton. Tu méprises les humbles, les pauvres, les simples. Tu ne rêves que sottise et vanité, tu deviens arrogant, égoïste, dur de cœur. Il faut te corriger; sans cela le bon Dieu pourrait bien rabattre ton orgueil par quelque rude leçon. »

Je ne répliquai rien à cette apostrophe; mais de ce moment je boudai mon père, j'en voulus à mort au frère Claudien, et je ne remis plus les pieds à l'école.

Mon séjour à Sommerive touchait d'ailleurs à son terme. Le matin du jour de la Toussaint, je reçus une lettre de mon père, retourné à Besançon depuis la veille. Il m'annonçait que l'épidémie avait entièrement disparu et m'enjoignait de partir dès le lendemain pour ne pas manquer la rentrée du lycée, qui devait avoir lieu le 3 novembre.

X

Quoique prévu, ce rappel ne laissa pas de me troubler.

Une des aberrations humaines les plus ordinaires est celle qui fait croire toujours qu'on a du temps devant soi et ajourner définitivement ce qu'on pourrait accomplir, de sorte que l'on arrive souvent au bout de sa vie ayant à son actif fort peu de bonnes actions et une foule d'intentions excellentes, de plans admirables, mais irréalisés.

A la veille de quitter Sommerive seulement, je constatai avec stupeur tout ce que j'aurais dû faire et ne ferais pas, et je voulus au moins profiter de cette dernière journée pour mettre à exécution celui de mes projets qui me tenait le plus au cœur.

Le temps était superbe. Il y avait eu du brouillard le matin; mais le soleil s'était levé radieux, un de ces beaux soleils d'automne qui font oublier l'approche de l'hiver. Il faisait presque chaud lorsque, un peu après midi, je sortis du château d'un pas allègre, la tête droite, le buste cambré dans mon costume de velours de chasse, les mollets serrés dans des guêtres de cuir, mon alpenstock à la main.

« Prenez votre paletot, monsieur Léon! criait la mère Crustaud courant après moi.

— Où vas-tu? » me demanda Meg, penchée à la fenêtre.

D'un geste j'imposai silence à ces femmes. Je tenais à bien prouver que, en dépit de ma petite taille, j'étais un homme fort qui pouvait aller où il voulait, s'enrhumer si tel était son bon plaisir, et puis j'avais peur qu'on ne s'opposât à mon entreprise comme trop périlleuse, et je ne l'avais confiée à personne, bien que je l'eusse résolue depuis plusieurs semaines déjà, depuis le jour où mon ami le général, me montrant de loin la Roche-Courbe, m'avait conté le dernier exploit du duc Jean.

Certes, j'aurais de beaucoup préféré, comme mon illustre modèle, gravir sur un cheval fougueux la pente abrupte du rocher; mais j'avais encore assez de bon sens pour comprendre que ma vieille rosse grise, décorée cependant du nom de Ferragus, nous casserait le cou dès le premier pas.

Je me contenterais donc pour cette fois de grimper à pied jusqu'au haut du pic, tentative suffisamment difficile et glorieuse déjà, s'il fallait en croire les gens du pays.

La Roche-Courbe avait, en effet, une fâcheuse réputation.

Quoique de médiocre attitude, elle offrait, disait-on, des passages impraticables, des pentes dangereuses. On parlait d'accidents qui s'y seraient produits pendant les neiges, et, comme ses flancs escarpés n'étaient couverts que de gazon rare, de taillis et de broussailles, les bergers eux-mêmes n'y montaient guère, trouvant ailleurs des pâturages plus fournis et plus accessibles.

Jamais encore je n'étais allé de ce côté, le plus triste et le plus désolé des environs; mais mon ignorance ne m'arrêtait nullement. J'avais, vis-à-vis des choses de la nature, l'audace inconsciente des enfants élevés à la ville, et je me figurais bonnement qu'en ces quelques mois mes promenades à petits pas dans le jardin ou dans le village, nos courses en voiture, deux ou trois parties de chasse dans la forêt, avaient fait de moi un homme des champs, un rude montagnard, une sorte de trappeur prêt à défier tous les dangers. Depuis que j'étais en possession de mes guêtres de cuir et qu'on m'avait appris à distinguer d'où venait le vent à l'aide d'un doigt mouillé, ma présomption n'avait plus de bornes, et j'aurais cru me déshonorer rien qu'en demandant mon chemin.

Ne voyait-on pas du reste de partout la Roche-Courbe, si reconnaissable à la forme particulière du grand bloc de rocher qui la surmontait? Elle était là, tout près, immédiatement au-dessus du petit village de Fargy, que j'apercevais devant moi avec son clocher blanc et ses pauvres cabanes de bûcherons et de charbonniers.

Une fois à Fargy, je n'aurais plus qu'à traverser le petit bois étagé sur les flancs de la colline. Bien vite je serais au pied du rocher, que je grimperais lestement. Je graverais mon nom tout en haut sur la pierre, et la descente ne comptait pas. Je calculai que je serais de retour à Sommerive vers trois heures.

Je marchais vite. En quarante minutes j'eus franchi les cinq kilomètres qui nous séparaient de Fargy, où j'arrivai en avance sur mes prévisions.

Là, par exemple, j'eus une petite surprise. Le bois qui à distance paraissait surplomber le village, prendre racine sur les toits des maisons, paraissait s'éloigner à mesure que je m'approchais; il me fallut plus d'une heure pour y arriver, ce qui dérouta complètement mes calculs.

Je ne m'en inquiétai pas, j'avais du temps devant moi.

Le soleil ne faisait que croître de force et d'intensité, et l'on eût dit un jour de printemps, sans la teinte rousse des arbres et un petit vent aigre qui par instants soufflait de l'ouest.

Je ne ressentis une impression de fraîcheur qu'en pénétrant dans la région boisée. A l'ombre, le sol détrempé par les pluies des jours précédents était resté humide, boueux, transformé par endroits en marécages, et mon ascension se compliquait un peu.

D'abord cela m'amusa beaucoup. Je sautais à pieds joints les fossés pleins d'eau; j'escaladais victorieusement les troncs d'arbres renversés qui me barraient le chemin, et, à l'aide de mon alpenstock et de mes souliers ferrés, je grimpais sans trop de chutes la montée de plus en plus raide et glissante.

Cependant au bout d'une heure cet exercice commença à perdre de son charme, et je consultai ma montre avec quelque appréhension. Ce petit bois que j'avais cru traverser en quatre enjambées se prolongeait indéfiniment, et depuis que je le gravissais la montagne me semblait d'une élévation singulière.

Enfin le rideau d'arbres s'éclaircit, la terre apparut hérissée par-ci par-là de buissons épineux, et la cime du rocher se dressa devant moi toute droite, toute nue, pas bien haute en vérité.

J'eus pourtant une hésitation.

Le soleil, que j'avais compté retrouver au sortir du bois, me faussait compagnie; le ciel se couvrait de nuages, et le vent, dont les arbres ne me garantissaient plus, soufflait de façon à me faire regretter le paletot de la mère Crustaud. Et puis il était trois heures un quart. L'ascension me prendrait bien encore dix minutes, et, quoiqu'il ne me fallût pas pour redescendre la moitié du temps que j'avais mis à monter, je ne serais guère de retour à Sommerive qu'avec le crépuscule. Ne vaudrait-il pas mieux battre de suite en retraite?

La vue de ce petit rocher sans conséquence, qui était là tout près, semblant me défier, et le souvenir opportun du duc Jean chassèrent cette indigne faiblesse. Jamais je n'oserais m'avouer que je n'avais pu faire sur mes deux pieds ce que mon héros avait fait sur les quatre pieds de son cheval, et, regardant mes guêtres pour me donner du courage, je me mis en branle.

Ah! ce maudit rocher, d'apparence inoffensive, quels pièges il me réservait! Moi qui n'avais jamais parcouru que de gentilles petites montagnes bien fréquentées, avec de jolis sentiers battus aboutissant toujours quelque part, je ne me doutais guère des obstacles que j'allais affronter.

C'étaient des amas de pierres roulant sous les pas, des trous à se rompre les jambes, des parois de rocs lisses le long desquelles il fallait se hisser à la force des poignets, des passages impossibles que je traversais tantôt à quatre pattes, tantôt à plat ventre, m'aidant des coudes et des genoux, m'accrochant aux broussailles, faisant des prodiges d'équilibre. Cette gymnastique violente me mettait en nage, mes mains étaient écorchées, mes beaux habits de velours râpés et salis en plusieurs endroits, mes manchettes réduites à l'état de chiffons.

Néanmoins j'allais toujours, possédé maintenant de cette idée fixe d'arriver qui croît avec les difficultés, m'acharnant d'autant plus au succès qu'il me coûtait déjà plus d'efforts, emporté par l'ardeur de la lutte au point de perdre la notion du temps, de la fatigue, de la souffrance.

Ce fut seulement quand, à moitié chemin, je m'assis pour reprendre haleine, que je constatai le piteux état de ma personne et de ma toilette, ainsi que le refroidissement extraordinaire et subit de la température, et je m'aperçus en même temps que le jour baissait avec une effrayante rapidité et que ma montre marquait quatre heures et demie.

Quatre heures et demie! Étais-je fou d'avoir ainsi laissé passer le temps sans m'en rendre compte? A présent je n'arriverais à Sommerive qu'à la nuit. Comment ne pas m'être dit cela plus tôt?

En une seconde je fus sur mes pieds, prêt à repartir. Peu

m'importait maintenant de laisser mon entreprise inachevée. Mais cependant, avant de m'éloigner, je levai la tête pour mesurer encore une fois la cime que je n'avais pu atteindre.

A ma grande épouvante je ne vis plus rien.

Le roc, qui tout à l'heure découpait si nettement sur le ciel clair sa forme bizarre, avait disparu dans une nuée épaisse, une sorte de fumée blanchâtre, et cette brume descendait, planait à quelques mètres au-dessus de ma tête, couvrait tout autour de moi d'un voile opaque, tandis qu'un coup de vent plus violent que les autres m'enlevait mon chapeau.

C'est singulier comme la moindre circonstance extérieure agit sur nos nerfs, transforme notre vision, change en une seconde le cours de nos pensées, le fonctionnement entier de notre machine. Cette promenade, considérée un moment comme une escapade amusante, me semblait soudain une redoutable épreuve, une terrible entreprise, et je n'eus plus qu'une idée : m'en aller, redescendre au plus vite.

Mais, contrairement à ce que mon expérience m'avait appris jusqu'alors, la descente se trouvait cette fois beaucoup plus difficile que la montée. Je connaissais les dangers du chemin; je pensais à l'abîme vu tout à l'heure à mes pieds.

Et puis ce brouillard qui s'épaississait toujours, ce vent qui redoublait de force, c'étaient l'hiver avec la nuit qui descendaient de la montagne pour me saisir, m'envelopper de leur ombre glaciale. J'y voyais à peine, je ne calculais plus les distances.

La peur m'étreignait le cœur comme un étau, paralysait mes mouvements, m'arrêtait à chaque pas, et je me retenais avec une sensation vertigineuse de chute, de dégringolade, d'écrasement.

Cela dura bien deux ou trois heures, au bout desquelles je me retrouvai enfin au pied du rocher, et je me crus sauvé.

En comparaison de ce que je venais d'accomplir, la traversée du bois me semblait un jeu d'enfant.

Mon illusion fut de courte durée. L'obscurité était complète quand j'atteignis les premiers arbres de la forêt, et le trajet, relativement aisé quelques heures auparavant, devenait à peu près impossible. J'avançais lentement, tâtant le terrain devant moi avec mon bâton avant de hasarder un pas, butant néanmoins à chaque minute contre une souche, égratigné par un buisson d'épines, enfonçant dans les flaques d'eau, obligé sans cesse de remonter pour redescendre. Je ne reconnaissais pas du tout le chemin parcouru dans la matinée, et cela me troublait. Mais, ce qui m'inquiétait bien plus encore, c'était le froid véritablement inouï pour la saison.

Peu familiarisé avec les brusques variations de température des pays montagneux, je ne pouvais croire que cette soirée obscure et glaciale fût celle du beau jour lumineux par lequel je m'étais mis en route. Une éternité me semblait s'être écoulée entre ce brillant départ et mon piteux retour. De plus, les émotions qui coupent l'appétit des autres ayant toujours eu le don de redoubler le mien, mon estomac, surexcité par l'heure du dîner, criait famine. J'étais pris d'un attendrissement stupide en songeant qu'excepté moi tout le monde à Sommerive était assemblé autour de la table de famille, et que la mère Crustaud s'inquiétait certainement de mon retard.

Ah! la mère Crustaud, qu'aurait-elle dit de me savoir dehors, sans chapeau, en pleine nuit, par un temps pareil? Ce n'est pas que le vent et la nuit me fussent inconnus : je les avais souvent rencontrés déjà, mais dans les rues de ma bonne ville natale, bien emmitouflé, bien accompagné à quatre pas du logis.

Jusqu'alors, avec l'illusion flatteuse de l'indépendance, j'avais toujours une protection invisible autour de moi, un appui que je pouvais invoquer au besoin, comme les petits enfants qu'on laisse marcher tout seuls en les soutenant avec des lisières.

C'était la première fois, je venais de m'en apercevoir, que j'étais vraiment seul, livré à ma propre initiative, réduit à mes ressources personnelles pour me tirer d'affaire, et je ne me trouvais ni aussi fort ni aussi habile que je croyais l'être.

Cela m'impressionnait singulièrement de ne sentir à ma portée aucun secours quelconque, autour de moi nulle manifestation de la vie humaine ni même de la vie animale. Pas un piaillement d'oiseau dans les arbres, un sifflement d'insecte, un bêlement lointain de chèvre ou de brebis.

Oh! ce grand silence de la campagne, la nuit, ce silence que semble accroître l'obscurité et la solitude, qui plane majestueux, solennel, sépulcral, sur la terre endormie, sur les silhouettes invisibles des choses, et au travers duquel on se figure entendre des murmures indistincts, des bruits étranges jamais perçus le jour! Il pesait sur moi lourdement, achevant d'abattre mon courage. J'avais entendu dire que les poltrons chantent pour se rassurer, et sans vergogne je me mis à chanter. Mais ma voix était si tremblotante, si enrouée, qu'elle m'effraya presque.

Alors j'essayai de penser à des choses réconfortantes pour me donner du cœur. L'un après l'autre j'évoquais mes héros, mais mes héros me restaient indifférents; leurs périls, leurs exploits m'importaient fort peu en comparaison de mes propres inquiétudes, et rien ne chassait les idées folles qui s'obstinaient à me poursuivre.

Tout petit, on m'avait inspiré une crainte salutaire pour les expéditions nocturnes. Un reste de peur enfantine se mêlait au souci précoce de ma petite santé, et la perspective d'une nuit passée en plein air dans la montagne inconnue, à la merci des loups, des revenants et des fluxions de poitrine, m'emplissait d'une angoisse irraisonnée. Je ne pouvais voir l'heure, mais je sentais qu'il était tard, très tard, et j'avais conscience en même temps que je ne m'approchais pas du but, que j'étais égaré, qu'en tâtonnant comme je le faisais il était impossible d'arriver. Alors j'essayai de m'enhardir, de me lancer à tout hasard; mais j'étais vite rappelé au sentiment de mon impuissance par une glissade malencontreuse, un choc qui me meurtrissait, et je m'arrêtais brisé de fatigue, découragé, ayant envie de m'asseoir là et d'y attendre le lever du jour.

Puis voilà que le vent n'était plus seulement du vent, mais une rafale furieuse, une tempête effrayante. Je ne reconnaissais plus sa voix que j'avais entendue siffler ou gronder si souvent avec une rage impuissante contre les murs épais, les volets bien clos de la maison, berçant mon sommeil tranquille. Ici sa colère était terrible, son mugissement formidable. Les arbres se courbaient autour de moi avec des craquements sinistres; les branches, violemment agitées, me fouettaient le visage; les broussailles se tordaient sous mes pieds comme des nichées de serpents. Aveuglé, étourdi, les oreilles bourdonnantes et saisi de cette terreur spéciale, de ce sentiment de notre fragilité que nous éprouvons en présence des grandes forces de la nature, je me cramponnais à un arbre, n'osant faire un pas, craignant que cette tourmente ne me balayât comme un fétu de paille.

Enfin le vent s'apaisa soudain. Je pus me redresser, essayer de reprendre mes esprits, de m'orienter, de réfléchir, et je commençais à me remettre un peu quand un petit bruit doux, des gouttes d'eau peut-être tombant sur les feuilles, attira mon attention, et sur ma tête nue glissa quelque chose de frais, de léger, d'humide et cependant de tangible, une pluie solide, une sorte de poudre que je palpai entre mes doigts. C'était de la neige, la première neige de la saison.

Je ne m'en effrayai pas d'abord. Ces flocons, précoces messagers de l'hiver, fondant sitôt qu'ils ont touché le sol encore chaud, ne sont en général qu'un avant-goût des frimas à venir.

J'avais compté sans la montagne et ses terribles surprises, qui trompent parfois même l'expérience des bergers et l'instinct des troupeaux. La neige s'était mise à tomber soudain avec une abondance incroyable, et déjà j'entrevoyais vaguement sa blancheur partout épandue. J'y enfonçais jusqu'à la cheville, et elle continuait à choir doucement, silencieusement, toujours plus pressée.

Je ne me souviens pas bien de ce qui se passa durant cette phase, ni combien de temps je tournai encore dans ce bois, transformé en labyrinthe. A force d'aller à droite, à gauche, en cherchant un passage, j'avais fini par me trouver sur l'autre versant de la montagne, le versant inconnu, périlleux, semé de cavités perfides, de véritables fondrières. La neige

La tempête.

cédait sous mes pas, le sol s'effondrait, et je roulais éperdu, meurtri, pour me relever comme mû par un ressort et reprendre machinalement ma course inutile et folle, poussant des gémissements lugubres de chien perdu qui appelle son maître, sans comprendre que son maître est trop loin pour l'entendre.

Je ne réfléchissais plus. Les impressions physiques étouffaient en moi la pensée. Je ne sentais que l'aiguillon de la bise pénétrant ma chair, l'engourdissement douloureux de mes pieds, mes dents qui claquaient et, dominant tout, une peur qui me talonnait, qui me jetait en avant, quoique mes forces fussent épuisées, que le froid paralysât presque mes membres.

Ce que je me rappelle le mieux, c'est le désespoir que je ressentis lorsque, à un certain moment, mes doigts glacés laissèrent échapper mon bâton. Je m'étais accroupi, et je le cherchai à tâtons dans l'obscurité; puis, ne le retrouvant pas, je me mis à pleurer, sentant ma dernière chance de salut disparue avec lui.

Je me relevai néanmoins, et j'essayai encore de marcher.

J'étais raide comme si j'avais été de bois, et je croyais à chaque mouvement que mes articulations allaient craquer. Tout à coup mon pied glissa, se tordit dans l'effort que je faisais pour me retenir. J'éprouvai une affreuse douleur, il me sembla que ma cheville se brisait, et je m'écroulai tout de mon long la figure dans la neige, avec un grand cri d'appel et de détresse qui fit retentir les profondeurs du bois.

Puis je ne dis plus rien, je ne bougeai plus. La secousse avait été si forte, que je perdais presque connaissance.

Il m'était impossible de me relever, de faire même un mouvement; les petits flocons de neige continuaient à tomber sur moi, et je n'essayais pas même de les secouer. Une torpeur m'envahissait, apaisant ma souffrance, annihilant ma raison, me laissant seulement une angoisse sourde, le sentiment vague de ma position et de mon impuissance totale à y remédier.

Je m'abandonnais à mon sort comme les gens tombés à l'eau et qui ne savent pas nager, et j'attendais frémissant jusqu'au fond de mon être ce qui adviendrait de moi; je fermais les yeux de toutes mes forces, de peur de voir quelque chose de terrible, précaution bien inutile, car pas une étoile, pas un rayon de lune ne perçaient l'obscurité profonde qui m'enveloppait.

Dormais-je? Étais-je évanoui? Je ne le sais pas. Je ne puis non plus déterminer le laps de temps qui s'écoula ainsi. Je ne revins à moi qu'en voyant à travers mes paupières closes passer sur mon visage un reflet de lumière. Alors mes yeux se rouvrirent. Je ne savais plus où j'étais. A la lueur vacillante d'une allumette qu'on tenait à côté de moi, j'aperçus les grands arbres noirs, la neige et, près de la mienne, une figure que je ne distinguais pas bien. Cela m'effrayait. Il me semblait être en proie à un cauchemar, et je me retournai pour me rendormir. La douleur que me causa ce simple mouvement me réveilla tout à fait. En même temps on me secouait, on m'appelait, on me parlait à haute voix.

Je me rappelai tout : le cauchemar était la vérité. Je me retrouvais dans mon bois, engourdi, évanoui, mort peut-être; seulement je n'étais plus seul. Il y avait là quelqu'un auprès de moi, quelqu'un qui avait su me retrouver, qu'il ne fallait pas laisser repartir, et sans autre supposition, me jetant au cou du nouveau venu, me cramponnant à lui de toute ma force, je criai :

« Papa !... »

XI

A cette heure je n'étais plus un homme, mais un enfant, un bien chétif, pauvre, misérable enfant, et d'instinct j'appelais celui qui était jadis mon recours dans mes petites détresses, mon consolateur dans mes petits chagrins. Je ne me demandais pas comment mon père était revenu de Besançon. Je trouvais tout simple qu'il fût là, qu'il accourût à mon aide, qu'il se montrât une fois de plus ma seconde Providence.

Des bras secourables m'entourèrent, une main se posa doucement sur mon front, et, cette caresse achevant de m'émouvoir, je me mis à sangloter, à répéter d'une voix que je ne reconnaissais plus moi-même, tant elle était affaiblie :

« J'ai froid!... Je suis perdu!... Je veux retourner à la maison! Embrasse-moi!... »

On se pencha sur moi et on m'embrassa. Alors seulement, à ne pas sentir sur ma joue la grosse barbe rugueuse de mon père, je m'aperçus que je me trompais, que ce n'était pas lui, et je murmurai :

« Qui est là?

— Un ami qui va vous ramener à votre papa. »

Je n'en demandai pas davantage. Ma tête était trop fatiguée pour que mes idées eussent de la suite, et puis à coup sûr on ne me voulait pas de mal, au contraire.

Je n'étais plus couché dans la neige, mais assis sur un tronc d'arbre. Des frictions vigoureuses avaient rétabli la circulation de mon sang, et on m'enveloppait dans un manteau tout chaud comme si quelqu'un venait de le quitter.

Avec cette chaleur je retrouvais la vie et en même temps la pensée. Je relevai ma tête, qui s'appuyait sur l'épaule de mon sauveur; je le regardai sous la clarté plus vive d'une lanterne qu'il allumait, et je reconnus... le frère Claudien.

Il avait sa même physionomie calme et souriante que d'habitude, et, sauf la neige qui couvrait son chapeau et sa soutane, rien n'était changé dans son apparence extérieure. Cela me semblait tout drôle de le voir toujours le même quand je me sentais, moi, si différent de ce que j'étais avant.

Notre cerveau est une bizarre petite machine dont on ne peut jamais prévoir les impulsions.

Malgré ma peur, mon hébétude, les dangers qui me menaçaient, l'opportunité de ce secours providentiel, mon premier sentiment en revenant à l'existence fut un réveil de vanité, une profonde humiliation de m'être laissé surprendre en si fâcheuse posture, et je m'écriai presque avec humeur :

« Comment êtes-vous ici?

— On s'est inquiété en ne vous voyant pas revenir, me répondit le frère. On s'est mis à votre recherche, et l'idée m'est venue que vous aviez peut-être essayé l'ascension de la Roche-Courbe. Personne ne pouvait croire à une pareille imprudence. »

Cette allusion à ma sottise acheva de m'exaspérer, et voulant montrer tout de suite que je n'étais pas aussi bas qu'on le supposait, que j'aurais bien pu me tirer d'affaire tout seul, je fis un mouvement pour me lever. Une atroce douleur au pied rabattit instantanément mon arrogance, me rejeta à terre avec un cri.

« Qu'avez-vous, mon pauvre enfant? » me demanda le frère Claudien.

Je ne songeais plus à me formaliser, et, me remettant à pleurer, je dis : « Là!... là!... » en montrant mon pied gauche.

A genoux sur la neige, le frère défaisait ma guêtre, abaissait ma chaussette avec des précautions infinies. Je remarquai machinalement que ses mains étaient fines et douces comme celles d'une femme.

« Une petite entorse, dit-il, souriant pour me rassurer. Mais ce ne sera rien. »

Il appuya son pouce à l'endroit douloureux, tâchant de pratiquor un massage. Je me mis à hurler.

« Cela vous fait-il donc tant de mal? reprit-il doucement.

— Oui, oui!... Je suis mort. »

Cette fois il se mit à rire.

« Non, pas pour si peu. Essayez encore de marcher, appuyez-vous sur moi. Il n'y a que le premier pas qui coûte. »

Avec le sentiment de mon impuissance, une humble soumission m'était revenue. Je ne pensai plus à discuter cette autorité qui s'imposait. Oubliant que j'étais un jeune seigneur vaillant, robuste, héroïque, et que j'avais affaire à un chétif personnage, à un pauvre vieillard débile, je me suspendis au bras qu'on me tendait, et je fis docilement un second effort pour me lever, mais sans autre résultat que de nouvelles et intolérables douleurs.

« Nous ne pouvons cependant rester ici par un temps pareil, murmura le frère Claudien.

— Je veux m'en aller, mais je ne peux pas, dis-je.

— Eh bien! je vais tâcher de vous porter, » dit le frère Claudien.

Je ne songeais même pas à m'étonner de cette proposition, et je me laissai hisser sur son dos. On eût dit qu'en ce moment de péril sa vieillesse, ses infirmités, sa réserve habituelle, s'effaçaient soudain. Une énergie indomptable, une puissance inouïe de volonté, lui tenaient lieu de force. Je ne craignais nullement qu'il me laissât tomber ni qu'il s'égarât, tandis que, fléchissant à peine sous mon poids, il descendait la pente rude et dangereuse, marchant dans la neige lentement, prudemment, de ce pas sûr particulier aux gens qui ont beaucoup vécu dans la montagne, bergers, chasseurs ou excursionnistes. Le coup d'œil rapide dont il inspectait le chemin, l'adresse inouïe avec laquelle il tournait les obstacles, prouvaient d'ailleurs qu'il était depuis longtemps familiarisé avec les lieux que nous parcourions.

Nous allions ainsi en silence, trop absorbés pour échanger un mot.

Son allure cependant se ralentissait; sa respiration courte et sifflante me faisait mal. Enfin il s'arrêta et me déposa à terre, en disant :

« Impossible d'avancer davantage, dit-il. Il y a là un ravin que nous ne passerons jamais, et je n'aurai pas la force de remonter pour trouver un autre chemin. Appelons : ceux qui nous cherchent nous entendront peut-être. »

Je me mis à crier de tous mes poumons, tandis qu'il jetait de longs appels sonores dont retentissaient les échos de la montagne.

Mais personne ne répondait.

« Nous sommes trop loin, dit-il. On n'aura pas songé à venir jusqu'ici. Vous avez tourné la montagne, il n'y a pas un village de ce côté. Je pourrais essayer d'aller chercher du secours à Pargy, mais par ces chemins impraticables ce serait long.

— Ne m'abandonnez pas ! » criai-je, me raccrochant désespérément à sa soutane.

Il réfléchit un instant, regardant le ciel tout à fait éclairé.

Je ne m'étais pas aperçu, grâce au vêtement dont j'étais recouvert, que le froid avait redoublé d'intensité et que la couche de neige qui nous environnait, tout à l'heure si moelleuse, était devenue dure, craquante, comme gelée.

« Je resterai avec vous, me dit le frère Claudien. Une nuit est vite passée. »

Nous étions sous un grand arbre, contre un talus qui nous abritait un peu. De ses mains il entassait la neige, en formant comme un petit mur, et dans l'espace resté libre il me déposa aussi soigneusement qu'une mère couchant son enfant au berceau.

J'éprouvai un bien-être infini à m'étendre ainsi sur la terre; je m'endormais déjà, quand il m'éveilla brusquement.

« Il ne faut pas dormir, dit-il.

— Pourquoi? »

Il ne répondit pas.

Alors je me souvins qu'après des nuits semblables on retrouvait souvent le long des routes, au coin des bois, de pauvres diables surpris par le froid dans leur sommeil et qui ne se réveillaient plus. Est-ce qu'on ne nous retrouverait pas le lendemain gelés, morts? Je me souvins aussi qu'un de nous au moins aurait pu se soustraire à ce sort, qu'un de nous se résignait à ce supplice, allait au-devant de ce danger librement, volontairement, gratuitement. Le frère Claudien n'était pas, comme moi, réduit à l'impuissance. La force lui manquait pour me charger sur ses épaules, m'emporter, me sauver; mais lui rien ne l'empêchait de marcher, de s'en aller, de regagner le village par les chemins à lui connus.

C'était pour moi, pour moi seul, pour ne pas m'abandonner, qu'il restait, qu'il s'exposait, qu'il se sacrifiait. Je m'aperçus en même temps qu'il m'avait donné son manteau, qu'il m'avait noué autour de mon cou son gros cache-nez de laine noire, ce cache-nez que Meg trouvait si ridicule, et que sa vieille soutane usée le défendait seule contre les âpres morsures de la bise.

J'étais sot, ignorant, bourré d'idées fausses, égaré par la vanité et l'égoïsme; mais au fond j'avais un cœur engourdi jusqu'alors, qui se réveillait soudain au contact de cet autre cœur ardent et généreux, qui commençait à en deviner la sublime abnégation.

« Pourquoi ne partez-vous pas? Pourquoi ne me laissez-vous pas? » criai-je au frère Claudien.

Il me serra contre lui, et dans son étreinte je sentis tant de force, tant de dévouement, que je fus presque rassuré.

« Le bon Dieu vous a confié à moi. Ce soir vous êtes mon enfant. Est-ce que les pères abandonnent leurs enfants?

— Mais c'est qu'ils les aiment.

— Pensez-vous donc que je ne vous aime pas? »

Ces mots partaient du fond de son âme.

Une grande honte me prit, et aussi un remords qui m'obligeait à parler haut, à dire vrai, à m'accuser.

« Je n'ai pas mérité que vous m'aimiez! dis-je. Moi, je ne vous aimais pas. »

Il sourit avec finesse.

« En êtes-vous sûr? Je crois, au contraire, que vous aviez pour moi beaucoup plus d'estime et de bienveillance.

— Non, non, repris-je en sanglotant. Je vous méprisais, je disais du mal de vous, je me moquais quand vous disiez que la Roche-Courbe était dangereuse. C'est mon entêtement qui va peut-être nous coûter la vie à tous les deux.

— Je ne vous reproche rien à mon endroit, car j'ai aussi ma part de responsabilité dans notre imprudence, dit-il avec son même sourire. Le bon Dieu d'ailleurs veille sur nous. Pensons à cela et faisons ensemble notre prière du soir. »

J'avais à peine songé à prier au milieu des terribles émotions que je venais de traverser. Comme tous les autres sentiments, le sentiment religieux n'était chez moi qu'à l'état de germe. On m'avait élevé chrétiennement, j'allais à l'église, je me mettais à genoux le matin et le soir. Je ne savais pas que la religion consistât en autre chose, et c'est pendant cette nuit d'angoisse et de terreur que mon âme s'ouvrit à la suprême vérité, au suprême amour, que je sentis Dieu près de moi, que je priai réellement du fond du cœur.

La voix du frère Claudien s'élevait pure, tranquille, infiniment douce, récitant ces oraisons sublimes que l'Église met sur les lèvres de ses enfants, et dans le silence du bois, en face du péril mortel qui nous menaçait, chacun de ces mots que j'avais répétés tant de fois distraitement, à la hâte, ces pensées dont je n'avais jamais compris la grandeur, prenaient un sens nouveau, une solennité impressionnante.

Il me semblait que ces appels à la miséricorde divine, ces actes de foi, d'espérance, de repentir, avaient été composés pour moi, pour mon cas spécial, et je me les appliquais, déjà relevé, déjà fortifié par leurs mystiques consolations.

Mais, si mon état mental s'améliorait, notre situation empirait d'une manière inquiétante. La lune brillait, métallique, sur la neige glacée. Il gelait à pierre fendre, et j'éprouvais d'intolérables souffrances. Les instants comptaient pour des siècles.

Toutes les cinq minutes je demandais au frère :

« Quelle heure est-il? »

Sa montre s'était arrêtée, comme la mienne; mais d'après la position des étoiles il me répondait : « Environ minuit. » Ou : « Pas plus de minuit et demi. »

Alors je songeai que ce jour nouveau qui commençait était le jour des Morts, et cela me fit une impression terrible. Si cependant quelque malheur allait nous arriver? Je regardais le frère Claudien à la dérobée, pour voir s'il pensait comme moi.

Lui semblait insensible à tout. De temps en temps il se levait, jetait à travers la montagne un cri auquel personne ne répondait, faisait quelques pas; puis, revenant à moi, me frictionnait pour suppléer au manque d'exercice. Et, comme repris de cette même torpeur qui une fois déjà m'avait envahi quand j'étais tombé dans la neige, je me laissais aller à moitié évanoui sur son épaule.

« Causons, me disait-il. C'est le seul moyen de se tenir éveillé. »

Mais ma tête me paraissait toute creuse, toute vide. Je ne trouvais pas une idée que je pusse formuler.

« Racontez-moi quelque chose, » reprit le frère.

Je ne me souvenais plus de rien. Il me semblait que ma vie avait commencé ce matin-là en entrant dans le bois.

« Voyons,... cherchez.. Ce qui vous reviendra à la mémoire. Récitez-moi des vers. »

J'en savais par cœur une quantité, tous du genre noble; mais dans ce moment il ne me revenait que des lambeaux de tirades, des morceaux de phrases, des mots enchevêtrés, incompréhensibles, ne se raccordant plus même ensemble, et cet effort engourdissait mon cerveau, m'endormait de plus belle.

« Non, parlez, vous dis-je. »

Et je prêtais l'oreille, tandis que le frère essayait de trouver un sujet de conversation propre à me ranimer.

Connaissant mon enthousiasme pour les héros, il discourait patiemment sur César et sur Alexandre, comparait Bayart à du Guesclin, s'appliquait à rabaisser l'un ou à vanter l'autre pour provoquer la discussion. Mais je ne comprenais pas, je ne trouvais rien à répondre. Alors il essaya de me conter une histoire. Elle était fort intéressante sans doute; cependant je ne pouvais pas la suivre; rien ne m'absorbait assez pour me tirer de moi-même, pour chasser ce terrible sommeil que je sentais là, me guettant, m'envahissant avec une perfide douceur.

Soudain j'eus une inspiration, et, remuant avec peine mes lèvres que le froid déchirait, je lui dis :

« Parlez-moi du duc Jean. »

Le frère Claudien eut un mouvement brusque, comme pour

refuser; puis ses yeux errèrent autour de moi, se reportèrent sur moi, et après un moment de réflexion :

« Vous parler du duc Jean? reprit-il avec lenteur. Mon Dieu! pourquoi pas à présent?... »

J'avais toujours soupçonné que le frère Claudien en savait plus long qu'il ne le disait, et à la manière dont il prononça ces mots je n'eus plus de doutes.

La curiosité est une chose si tenace, si enracinée dans notre singulière nature, que mon esprit presque éteint se réveilla en dépit de mes souffrances, de mes périls, de la mort qui me menaçait; je bouillonnai d'impatience, je palpitai d'espoir et de joie, comme un chasseur qui retrouve enfin la piste, un chercheur qui met la main sur le trésor convoité, et je m'écriai avidement :

« Oh! dites-moi,... dites-moi tout!...

— Je vous dirai tout, car cela ne peut plus avoir d'inconvénient pour personne. »

Quelque chose tressaillit en moi à l'accent avec lequel il dit cela, et je le regardai.

Toujours je me le rappellerai tel que je l'aperçus alors sous la vive clarté de la lune.

Il s'était assis à côté de moi, adossé au tronc de l'arbre, défaillant, épuisé par les efforts surhumains qu'il venait d'accomplir. La tête un peu renversée en arrière, il fixait de son regard calme et résigné, étrangement lumineux, le ciel implacable qui nous versait le froid et la mort, et son visage livide révélait une force morale jamais abattue, une sérénité jamais altérée, l'audace tranquille, le calme majestueux de l'homme immortel domptant la douleur et défiant le trépas, l'âme triomphante en dépit du brisement de l'être physique; et cette expression superbe le transformait au point que je le reconnaissais à peine, que je m'écartais de lui avec une timidité respectueuse, regrettant de l'avoir interrogé, craignant presque, par une soudaine intuition, ce qu'il allait me dire.

Ce fut lui qui rompit le silence.

XII

« Vous voulez savoir ce qu'était le duc Jean? Mon Dieu, il a été surtout un homme égaré, un homme malheureux. Voilà tout ce qui peut le rendre intéressant, tout ce qui peut faire de son histoire un enseignement utile. La Providence l'avait comblé de ses dons; elle lui avait donné la naissance et la fortune, la vigueur de l'âme et du corps, la science qui développe l'esprit, l'art qui l'idéalise et même un bon cœur, car ce n'est pas une vertu méritoire, c'est une chose naturelle, il n'a jamais pu voir souffrir un de ses semblables sans chercher à le soulager. Et cependant, avec tout cela, il n'a pas fait de bien, il a fait du mal.

— Oh! m'écriai-je, ne pouvant retenir cette protestation.

— Oui, reprit le frère Claudien avec énergie, il a fait du mal, non pas sciemment, volontairement, par méchanceté, mais sans le comprendre, par erreur, par ignorance. Il ne savait pas que les plus nobles qualités, les plus belles actions sont inutiles et parfois même dangereuses quand elles ne reposent pas sur une base solide, qu'elles n'ont pas pour mobile et pour but l'éternelle vérité, le bien souverain, qu'elles ne vont pas du cœur de l'homme au cœur de Dieu. Ici-bas nous ne pouvons rien par nous-mêmes. Le plus grand d'entre nous est à peine un grain de poussière, le plus parfait un infime alliage où le mal domine toujours. Plus nous nous confions en nous-mêmes, plus certaine est notre chute; notre faiblesse se mesure à notre vanité. Nous cheminons dans l'obscurité. Nous allons vers l'inconnu, défaillant à chaque pas, tombant dans chaque abîme si nos yeux se détournent un instant de la seule lumière véritable. Le duc Jean s'est perdu parce qu'il ne croyait pas en Dieu. Que voulez-vous ! ce n'était pas entièrement de sa faute. A vingt ans il s'était trouvé orphelin, maître absolu de lui-même, sans guide, sans conseil, assailli par toutes les tentations ; il les avait repoussées toutes, sauf une seule, la plus dangereuse pour les âmes fières : l'orgueil ! Il pouvait se rendre le témoignage de n'avoir jamais transigé avec les plus délicats scrupules de l'honneur, de n'avoir jamais failli au moindre de ses devoirs envers l'humanité ; cela seulement par respect de lui-même, par amour de ses semblables, et il se figurait qu'ainsi tout homme peut se suffire, ne relever que du témoignage de sa propre conscience, trouver dans son cœur les règles éternelles de la morale, dans sa raison la force de les accomplir, en un mot se passer de Dieu ! Cette thèse fausse, cette dangereuse philosophie, il l'étendait à tous, il l'appliqua aux autres. »

Le frère Claudien s'arrêta un moment. Je ne voyais plus sa figure ; la lune venait de se cacher, et, en même temps que nous retombions dans l'obscurité, cet abaissement de température qui précède le lever du jour nous pénétrait davantage, raidissait encore nos membres presque paralysés. Le frère Claudien n'essayait plus de se lever ni d'appeler, et sa voix tremblait un peu lorsqu'il reprit :

« Le duc Jean avait un frère, un frère venu au monde vingt ans après lui, et qui avait à peine quelques mois lorsque tous deux s'étaient trouvés orphelins ; il l'avait élevé, il l'aimait comme son fils, plus qu'un fils peut-être, car cette affection était faite de tous les sentiments que peut renfermer le cœur d'un homme. Il voyait en lui les parents morts, tout le passé de la famille, tout son avenir aussi ; il le chérissait pour son malheur, pour sa faiblesse, pour son absolue dépendance, pour l'espoir qu'il plaçait en lui. Personne ne s'était jamais trouvé entre eux. Il n'avait que cet enfant, cet enfant n'avait que lui, et vous ne pouvez pas comprendre encore les sollicitudes, les embarras, les angoisses, les tendresses folles, tout ce qu'éprouve un homme près d'un berceau quand il n'y a pas de mère pour l'aider à veiller, pas de femme pour soutenir son courage et faciliter sa tâche. »

Oh! si, je le comprenais. Je me rappelais les soucis, les peines, les inquiétudes de mon pauvre père pendant notre première enfance, et ses naïves maladresses, et ses indulgences déraisonnables, et cette gaucherie touchante avec laquelle il jouait son rôle paternel et maternel à la fois. Les larmes m'en venaient aux yeux d'attendrissement, de remords, de pitié, en songeant au peu de reconnaissance que j'avais montré pour tant d'amour, à l'immense douleur dont j'allais être la cause.

« Comme les enfants nous absorbent et nous prennent tout entier! poursuivit le frère Claudien, qui semblait oublier ma présence et se parler à lui-même ainsi que dans un rêve. Celui-là était si doux, si intelligent, si beau avec cette grâce particulière, ce charme inquiétant des enfants frêles, qui, plus que les autres, ressemblent aux anges! On croyait qu'on ne l'élèverait pas d'abord, et ensuite, en se fortifiant, il était devenu leste, agile, turbulent, espiègle comme un petit diable. A lui seul il remplissait la maison; il n'y laissait plus de place pour une femme ni pour d'autres enfants. Et puis, où l'aîné aurait-il trouvé le temps de songer à lui-même quand il avait ce petit être à surveiller, à instruire, à aimer? Pauvre Louis! S'il donnait bien de la peine, il donnait aussi bien des joies. Il était confiant, affectueux, soumis, tendre comme une petite fille, s'abandonnant à la moindre impulsion avec une touchante docilité. Il suffisait d'un mot pour changer le cours de ses idées, d'une réprimande pour lui arracher des larmes, et son frère prenait pour une délicatesse de cœur cette sensibilité presque maladive. Lui, robuste de corps et d'âme, il ne se doutait pas que c'était de la faiblesse, que cela pouvait devenir dangereux, qu'un jour viendrait peut-être où, avec la même facilité, cet enfant écouterait d'autres voix que la sienne, céderait à d'autres influences, obéirait à des instincts encore non éveillés ou comprimés jusqu'à présent par la force des choses; que pour préserver, maintenir à jamais dans la bonne voie cette nature molle et légère, pour la garder contre ses défauts, contre ses qualités même, il aurait fallu une foi solide, des principes sévères, une éducation chrétienne enfin.

« Et puis, on ne voit pas grandir les enfants. Les premières années sont si douces, qu'elles passent sans qu'on s'en rende compte, et l'on s'aperçoit que son fils est un homme lorsqu'il vous échappe, c'est-à-dire trop tard. Ce fut ce qui arriva au duc Jean. Longtemps encore il put se faire illusion, car l'enfant l'aimait toujours, lui revenait parfois avec un repentir sincère, une confiance naïve. Le jour où il comprit le danger, où il eut conscience de son malheur, c'est le jour où son frère lui mentit pour la première fois.

« C'était à propos d'une bien petite chose : une centaine de louis perdus au jeu malgré toutes les défenses, malgré toutes les promesses. Au lieu d'avouer franchement, de recourir à l'indulgence de son aîné, comme il l'avait fait tant de fois déjà, Louis emprunta en signant des billets à un usurier, et, quand le duc Jean découvrit sa faute, il nia sans rougir, sans se troubler. Puis, après que son frère aîné lui eut montré l'invraisemblance de ses prétextes, lui eut fait toucher du doigt l'absurdité de ses inventions, alors, effrontément, avec la révolte dans les yeux, il lui répondit :

« — Quel compte ai-je à te rendre? Tu n'es pas mon père, et je n'ai aucune raison pour suivre les règles absurdes que ta fantaisie prétend m'imposer. Il te plaît à toi d'être austère, grave, de te créer des chimères d'honneur, des exagérations de délicatesse, cela uniquement parce que ce genre de vie satisfait tes aspirations. Les miennes sont toutes différentes, et je veux les suivre aussi. »

« Alors, au lieu de blâmer son frère, le duc Jean rentra en lui-même et ne trouva rien à répondre.

« On ne peut reprocher à un arbre de donner des fruits sauvages lorsqu'on ne l'a pas greffé. Les deux frères n'étaient pas de la même essence. Prenant chacun leurs instincts pour seuls guides, l'un arrivait naturellement au bien, l'autre tout droit au mal. Dans son système philosophique, le duc Jean avait oublié de prévoir ce cas.

« Il reconnaissait trop tard son erreur; elle était maintenant irréparable. Dieu sait cependant qu'il fit tout ce qu'il put, essayant tour à tour de la tendresse et du raisonnement, de la douceur et de la sévérité, appelant même à son aide cette religion des ancêtres si longtemps oubliée. Mais, lorsqu'on n'a pas inculqué à un enfant tout petit ces principes sacrés, on n'a plus guère le droit de les lui rappeler ensuite, et, pour que la foi prenne assurément racine dans une âme, il faut, comme on le dit, l'avoir sucée avec le lait. Sur ce point d'ailleurs, comme sur tous les autres, Louis de Sommerive avait poussé à l'extrême les théories de son aîné. Où le duc Jean était respectueux, quoique indifférent, il était, lui, sceptique et railleur. Nul frein ne le retenait donc; il ne restait plus rien à faire.

« Oh! comme cette œuvre de vingt années, cette éducation qui ne reposait sur aucune base solide, s'effondra vite et complètement, et quelle affreuse chose que d'assister à la ruine, à la perte de tout ce qu'on aime, avec l'impuissance d'y porter remède et le remords désespéré d'en être la cause! Au bout de quelques mois, ce jeune homme si beau, si intelligent, si bien doué, si séduisant, n'était plus qu'un être démoralisé, s'acheminant rapidement aux pires déchéances. De sa réputation sans tache, de sa fortune splendide, il ne restait que de misérables débris, qui chaque jour allaient s'amoindrissant entre ses mains. Plusieurs fois déjà le duc Jean avait été réduit, pour le sauver, aux plus humiliantes démarches, aux plus coûteux expédients. Alors il tenta un suprême effort : il se rappela que tous les Sommerive avaient porté l'épée; il espéra que la vie militaire, la rude discipline, le danger toujours présent, réveilleraient ce sentiment d'honneur qu'il ne pouvait croire éteint chez son frère, et profitant d'une lueur de raison, d'un moment de docilité ou de faiblesse, il le fit s'engager dans un régiment d'Afrique.

« D'abord tout alla bien. Pendant un an on put croire que le jeune homme était sauvé. Les chefs se louaient de lui. Il fut nommé caporal pour sa bonne conduite, puis sergent sur le champ de bataille après une escarmouche.

Le duc Jean.

« En même temps qu'il revenait au bien, l'enfant semblait revenir à son frère. Il était parti furieux, révolté, à son corps défendant; il n'avait pas donné de ses nouvelles pendant la première année; mais à la fin de la seconde, pour le jour de l'an, il envoya une grande caisse de mandarines. En même temps le duc Jean recevait une lettre du colonel, annonçant que Louis venait de passer sergent-major, et que, s'il continuait ainsi, il deviendrait certainement officier.

« L'ambition est une chose bien relative. A cette prédiction, le duc Jean, qui avait fait de si beaux rêves d'avenir, éprouva la plus grande joie de sa vie. Il gardait cette lettre sur lui comme son plus précieux trésor; il la relut dix fois de suite peut-être, et il ne se lassait pas non plus de toucher, de manier, de respirer ces beaux fruits dorés, ce premier signe de souvenir où il voulait voir la preuve d'un retour d'affection, la promesse d'un bonheur reconquis.

« Il était alors à Paris. Sommerive lui semblait maintenant trop vide et trop triste pendant les longues journées d'hiver. Il avait mis les mandarines dans une grande corbeille sur la table de son salon; il en offrait à tous les visiteurs. C'était une si bonne occasion de parler de Louis, pour donner les bonnes nouvelles! Et il venait justement de montrer à un vieil ami la lettre élogieuse du colonel, quand une seconde lettre arriva.

« Comment avons-nous la force de supporter certains coups, et pourquoi faut-il qu'ils nous frappent quand nous nous y attendons le moins, quand nous croyons pouvoir espérer et nous réjouir, comme dans ces maladies où un mieux est souvent l'annonce de la fin? Pourquoi ces ironies du malheur, ces raffinements dans l'épreuve? Dieu le sait!

« Cette fois, en quelques mots, avec une concision brutale, le colonel annonçait que Louis de Sommerive, sergent-major depuis huit jours et chargé en cette qualité de la caisse du régiment, venait de disparaître après avoir perdu au jeu l'argent confié à sa garde, et le colonel ajoutait (Dieu lui pardonne ce blasphème, moi je ne puis encore le lui pardonner): « Il est à craindre ou plutôt à espérer qu'il se sera fait justice à lui-même. »

« Ce qui m'étonne, c'est qu'on ne devienne pas fou quand arrivent des choses pareilles. Le duc Jean eut la force de raisonner, ou plutôt il obéit à son instinct. Sans une minute d'hésitation il partit pour Sommerive. Les oiseaux blessés cherchent leur nid pour y mourir. C'est à Sommerive qu'il retrouverait son frère, et, s'il le retrouvait, il le sauverait.

« Oh! mon Dieu! quel affreux voyage, quelle angoisse, quelle torture! Pensez donc! Avoir élevé un enfant, lui avoir donné le meilleur de soi-même et être si peu aimé, si peu compris de lui, qu'il préfère se déshonorer, mourir plutôt que d'avoir recours à vous, de se confier, de se laisser secourir par vous une fois de plus.

« Quand le duc Jean arriva à Sommerive, on lui dit à la grille du parc que son frère était là depuis la veille au soir, et en entendant cela il lui sembla qu'on lui rendait la vie, qu'un bonheur immense lui était arrivé, que Dieu le tirait de l'enfer pour le mettre au ciel. Il n'avait plus qu'un désir, serrer son frère sur son cœur, effacer dans cette joie ineffable jusqu'aux souvenirs de ses folles terreurs. Il était descendu de voiture, afin que Louis n'entendît pas le bruit des roues dans la cour et n'eût pas d'émotion en le voyant arriver. Il courut jusqu'à la maison. Louis n'était pas encore sorti de sa chambre. Il dormait, fatigué du voyage. Le duc Jean monta, assourdissant le bruit de ses pas, talonné toujours par cette terreur qui ne le quittait plus, et, seulement quand il fut tout près de la porte, il dit doucement :

« — Mon cher petit, c'est moi; ne crains rien, tout est oublié! »

« Ainsi, en même temps que sa présence, Louis connaîtrait son pardon, et s'il avait entendu, n'est-ce pas qu'il n'aurait eu ni honte ni crainte, qu'il serait venu tomber dans ses bras qui s'ouvraient à lui? Mais il n'entendait pas, il ne répondait rien, et le duc Jean appelait, suppliait sans obtenir de réponse, devant la porte toujours close.

« Alors, alors, je ne sais pas bien ce que fit le duc Jean, mais il dut se jeter comme un fou contre cette porte, en briser la serrure, en arracher les gonds, car la porte tomba. Et dans la chambre, sur le canapé, il vit l'enfant, son enfant étendu, couvert de sang, avec un trou dans la gorge, son enfant qui était mort, qui s'était tué, dont les yeux grands ouverts le regardaient avec une expression d'angoisse indicible, dont la figure demeurait encore contractée par la douleur et le désespoir. La mort n'était pas venue tout de suite; il avait dû agoniser là pendant de longues minutes, dans d'atroces souffrances, et il avait replié son bras sous sa tête pour mourir, comme il avait coutume de le faire, tout petit, pour s'endormir !

« Qu'a-t-il pensé, mon Dieu! pendant cette horrible agonie? N'a-t-elle pas suffi à effacer son crime involontaire? C'était un enfant qui ne savait pas, qui ne comprenait pas, auquel son ignorance ne peut être imputée à crime. Un autre en était responsable et doit en porter la faute. Lui a souffert assez, enduré assez de reproches, assez d'expiation. Vous ne savez pas encore tout; on n'a pu même lui rendre les derniers honneurs, on l'a porté à la sépulture de ses ancêtres la nuit, sans prêtres et sans croix, plus honteusement qu'un condamné à mort. Sur cette tombe, qui renfermait tout ce qu'il avait aimé en ce monde, le duc Jean n'a pu obtenir une prière, une promesse de pardon, un de ces mots d'espérance, opposant comme seule consolation à nos regrets le bonheur de ceux que nous pleurons. »

. . . .

Le frère Claudien se tut.

Ni une interruption, ni même une réflexion ne m'était encore venue, absorbé que j'étais dans son récit. Le demi-sommeil qui m'engourdissait n'enlevait rien à mon attention. Chacun des mots prononcés par la voix brève et saccadée du frère parvenait à mes oreilles et à mon intelligence, s'enregistrait dans ma mémoire, où je les retrouve aujourd'hui avec une suite et une précision incroyables. Lentement, cette histoire devenait pour moi une sorte de rêve. Une angoisse me gagnait, comme si j'eusse assisté au drame, connu ses héros, partagé leurs douleurs, et il me semblait entendre à côté de moi le râle d'agonie de Louis de Sommerive et les sanglots du duc Jean. Cela me troubla. Pourquoi quelqu'un pleurait-il dans l'ombre, tandis que le narrateur se taisait? Je voulus en finir tout de suite avec l'inquiétude qui m'oppressait, et je demandai :

« Le duc Jean,... qu'est donc devenu le duc Jean?... il est mort aussi? »

Je crus percevoir un soupir étouffé; puis le frère Claudien reprit d'une voix faible, éteinte, comme un lointain écho :

« Le duc Jean n'est plus. Son nom, sa fortune, son orgueil, son courage, tout ce qui l'avait égaré, tout cela a disparu. De lui-même, son cœur seul a survécu, et ce cœur il l'a donné à Dieu, il l'a donné aux petits, aux faibles, aux ignorants. Il a voulu faire pour ceux-ci ce qu'il n'avait pas fait pour son frère, réparer ainsi son erreur, et, à force de gagner des âmes, racheter l'âme de Louis et la sienne. »

Mon rêve s'embrouillait, et le récit du frère, ainsi détourné des données connues, me devenait incompréhensible.

« Que dites-vous donc? balbutiai-je. Le duc Jean est mort je ne sais plus où, il est mort gelé, dans la neige...

— Peut-être avez-vous raison, murmura le frère Claudien. Peut-être que le duc Jean est mort gelé dans la neige... »

Ce furent les dernières paroles dont je me souviens.

Mes idées devenaient confuses à mesure que le sommeil m'envahissait. L'histoire du duc Jean, ma propre aventure, s'effaçaient de ma mémoire. Une singulière illusion s'emparait de mon esprit, et devant mes yeux qui se fermaient passait un étrange mirage. Cette blancheur de la neige qui m'entourait me rappelait les rideaux blancs et les draps de mon lit. Je croyais être couché dans ma chambre. L'hiver précédent, une petite bronchite m'avait tenu alité huit jours, et je me figurais être revenu à ce moment, d'autant plus que je sentais comme alors cette lassitude que donne la fièvre et une oppression qui m'empêchait de respirer. Je m'étonnais seulement qu'il fît si noir, si froid, et je murmurais une plainte. Je sentis qu'on jetait sur moi une couverture, puis quelque chose de lourd se posa sur mes pieds, comme un édredon; j'avais plus chaud, j'étais mieux, je dormais !

XIII

A partir de là mes souvenirs cessent de s'enchaîner. Quand je me retrouve, des heures se sont écoulées, un autre jour a lui, un jour qui s'avance déjà, car le soleil de midi brille radieux. Je suis en réalité dans mon lit, à Sommerive. Je me figure encore qu'une illusion me trompe; mais je me rassure en sentant la douce chaleur qui m'inonde, me pénètre, me ravive, et je regarde autour de moi avec ce ravissement qu'on éprouve en revoyant ce qu'on n'avait cru ne jamais revoir. Tout est beau, tout est bon, c'est la vie qui recommence. J'entends des voix, je distingue des figures : elles me semblent encore lointaines, effacées, séparées de moi par un nuage, tant ma vue et mon ouïe sont faibles; mais cependant je les reconnais. Mon père est là qui me tient la main. Pourquoi est-il si pâle, si défait, qu'on le dirait vieilli de dix ans? Meg a les yeux rouges, le visage boursouflé, les cheveux relevés à la diable, sa robe agrafée de travers. Jamais je ne l'ai vue aussi oublieuse de ses devoirs de jolie femme. Mlle Saint-Espérit court comme une folle en tenant une bassinoire, ce qui ne s'accorde guère avec ses allures majestueuses. Jusqu'à la mère Crustaud qui a perdu sa coiffe. Il y a aussi là un étranger, le médecin du bourg qui vient de temps en temps en visite au château, très correct, tiré à quatre épingles, un sourire de bonne compagnie aux lèvres. Aujourd'hui il est en bras de chemise, ébouriffé. Il fait une affreuse grimace. Je crois même qu'il jure entre ses dents.

Qu'est-ce qu'ils ont tous? Quelle révolution est venue transformer ainsi les physionomies, réduire à néant les habitudes, rendre chacun si différent de ce que je l'avais toujours connu?

Je ne pris pas le temps de le demander. Ma pensée ne s'arrêta sur aucune des personnes présentes. La dernière préoccupation qui m'avait hanté me reprenait, et je dis :

« Où est le frère Claudien? »

Ce fut mon père, je crois, qui répliqua :

« Il se repose. »

Je demandai encore :

« Il n'est pas malade? Il ne souffre pas? »

On me répondit :

« Il ne souffre pas. »

Cela me suffit. J'étais trop accablé pour songer davantage. On me fit boire quelque chose, puis je refermai les yeux, et je me rendormis.

Quand je me réveille pour la seconde fois, une nuit encore s'est écoulée, un autre matin est venu. Maintenant ma tête est claire et nette. Je comprends qu'on nous a retrouvés dans le bois, qu'on nous a sauvés, et j'embrasse mon père, j'embrasse Meg, j'embrasse Mlle Saint-Espérit, et la mère Crustaud, et même le médecin, avec une tendresse folle, une joie de vivre qui me grise.

Eux cependant, ils restent sérieux, presque tristes. Ils ont eu si peur, qu'ils ne peuvent se rassurer, qu'ils n'osent pas me croire quand je leur affirme que je vais bien, que je me sens fort, dispos, tout à fait remis. Ils ne se dérident même pas en entendant le médecin assurer que je n'ai pas la fièvre, m'autoriser à me lever, à manger, et déclarer que « la jeunesse est une belle chose et que ce garçon-là a une rude chance ».

Je suis sur pied, je m'habille; je mange comme quatre, je dis mille folies, et mon père reste pâle, défait. Mlle Saint-Espérit est silencieuse, Meg pleure dans un coin, la mère Crustaud s'éponge les yeux avec son tablier.

Alors une vraie peur m'envahit, un pressentiment que quelque chose est arrivé de sinistre, d'affreux, que je ne peux deviner, et, sans formuler encore de soupçon précis, je demande :

« Où est le frère Claudien?

— A la maison d'école, » dit mon père.

Et son accent est si lugubre, que ma crainte augmente et que je m'écrie :

« Vous m'avez trompé! il est malade, lui. Il a pris mal cette nuit, dans la montagne. Il m'avait donné son manteau. »

On ne me dit pas le contraire. J'ai bien deviné.

Une douloureuse consternation succède à ma joie égoïste, et j'ai honte de me retrouver sain et sauf quand il souffre, lui, qu'il est victime de son dévouement. Une seule pensée me rassure. Si la maladie était sérieuse, le médecin serait à la maison d'école et non ici.

Je suis inquiet cependant; je ne peux plus tenir en place, et je dis :

« Je veux le voir, je veux le voir tout de suite. »

La mère Crustaud me prend par le bras, Meg se jette à mon cou. Je les repousse, je répète :

« Je veux le voir!

— Tu as raison, dit mon père, tu le dois. »

On attelle la voiture, car je ne suis pas encore de force à marcher, et mon père monte avec moi.

En route je l'interroge encore. Je m'en aperçois maintenant, il est fâché contre moi, il veut me faire sentir toute la portée de ma faute; car au lieu de me rassurer, au lieu de me dire comme il le faisait en général quand je me tourmentais : « Calme!... calme!... tout va souvent mieux qu'on ne croit! » il me laisse m'inquiéter, m'agiter, me figurer les plus sombres tableaux.

Il m'excite même; il me dit que les vieillards n'ont plus le ressort de la jeunesse, que le pauvre frère était bien fatigué, bien usé. Pendant la guerre, il avait été atteint d'un éclat d'obus en relevant des blessés sur le champ de bataille; il avait eu la petite vérole dans les ambulances. Ce n'était qu'à force d'énergie qu'il se maintenait, et, en tout cas, on ne pouvait espérer que sa vie se prolongeât longtemps.

Plus nous approchions, plus les pronostics de mon père devenaient sombres.

Mort du frère Claudien.

« Il est bien mal, il est bien mal! disais-je à travers mes larmes. Mais je le soignerai si bien, je prierai tant pour lui, qu'il se guérira vite. Ce n'est pas possible qu'il souffre ainsi à cause de moi! »

Nous arrivions à l'école. C'était jour de classe, et cependant les volets restaient clos, rien ne transpirait au dehors de ce bourdonnement de ruche qui anime ordinairement une maison pleine d'enfants.

Nous étions entrés sans rencontrer un élève sur notre passage, et comme mon père s'arrêtait, hésitant, dans le vestibule, je me dirigeai vers l'escalier étroit et noir qui conduisait au logement des frères.

« Non..., attends..., pas par ici, dit vivement mon père me retenant.

— Mais si! Puisqu'il est malade, il est là-haut dans le dortoir.

— Un moment! écoute, je vais t'expliquer... »

Je n'écoutais rien. Je ne pensais qu'au pauvre frère, je ne pouvais rester un instant de plus loin de lui, et je me reprochais de n'être pas venu plus tôt, de ne pas lui avoir encore témoigné ma reconnaissance, mon dévouement, l'affection que je lui garderais toujours. Pendant cette nuit fatale où nous nous étions trouvés seuls en face du danger, où il avait risqué sa vie pour moi, où nous avions prié ensemble, un lien s'était formé entre lui et moi, un lien d'une force et d'une douceur inconnues. Peu m'importait ce qu'il avait été; il était maintenant mon plus cher ami, et j'avais hâte d'aller à mon tour vers lui, de le prendre dans mes bras, comme il m'avait pris dans les siens, de le défendre contre la mort, comme il m'en avait défendu. Nous nous aimerions toujours. Je ne lui causerais plus jamais nulle peine; au contraire, je saurais bien lui faire plaisir, le rendre heureux. J'allais le lui dire tout de suite.

Échappant à l'étreinte de mon père, j'avais gravi l'escalier d'un bond, et, sans frapper, j'entrai dans le dortoir.

Je le revois d'ici, ce dortoir, avec ses murs blanchis à la chaux, ses meubles de bois blanc, ses chaises de paille, ses trois pauvres lits. Celui du frère Claudien était tout au fond de la pièce, voilé par de vieux rideaux de cretonne à grosses fleurs comme en ont les paysans. Le malade dormait sans doute, car deux formes noires, que je reconnus aussitôt pour le curé et le frère Régimbertus, se tenaient immobiles à son chevet, et l'on avait fermé les persiennes, ce qui maintenait dans la pièce une demi-obscurité.

Je m'avançai avec précaution sur la pointe des pieds, sans aucun bruit, et personne ne remarqua mon arrivée. Ce fut seulement lorsque je fus tout près de lui que le curé se retourna et m'aperçut. Il se leva avec un geste, comme pour m'éloigner.

Mais il était trop tard. J'avais tout vu, tout compris.

Oui, on me disait vrai, le vieux frère ne souffrait plus. Il se reposait dans un repos que je ne risquais pas de troubler, sur son petit lit étroit et dur comme un lit de soldat; il était étendu vêtu de cette vieille soutane rapiécée qu'il portait d'ordinaire, les bras croisés dans une pose militaire, un chapelet enroulé dans ses doigts fins.

J'ai su depuis qu'on l'avait trouvé dans cette attitude lorsque, le soir, les gens qui battaient la montagne à ma recherche nous découvrirent enfin. Il avait ôté un tricot qu'il portait pour m'en envelopper, et ayant épuisé pour mon salut tous les moyens en son pouvoir, envahi à son tour par le froid, il s'était couché à côté de moi, recommandant son âme à Dieu et attendant la mort avec une tranquillité joyeuse, s'il fallait en croire le sourire triomphant demeuré sur ses lèvres pâles. Et le rayonnement de sa physionomie était tel, qu'à ma première impression d'horreur et de désolation succéda une émotion religieuse, cette douleur pleine de respect et d'espérance qu'inspire la mort des justes. L'être qui se reposait là n'était plus lui, le pauvre vieux frère Claudien, mais le corps déjà transfiguré, la relique glorieuse d'un saint qui venait de quitter les peines de la terre pour les célestes félicités.

Je ne retrouvais même plus les traits sous lesquels je l'avais connu dans cette figure idéalisée par la mort, revenue peut-être à une beauté primitive, depuis longtemps évanouie. La rougeur qui la déparait avait disparu; le profil aminci, effilé, retrouvait la pureté de ses lignes, et dans la régularité majestueuse, dans la pâleur marmoréenne de ce visage aux yeux clos, une ressemblance me frappa avec quelqu'un que je ne connaissais pas, mais dont j'avais vu l'image, je ne savais plus où.

Je restais là à le contempler, sans un mot, stupéfié, et je ne pus pleurer qu'en entendant près de moi une sorte de gémissement sauvage. C'était le petit Gauchenet qui était à genoux, à moitié caché dans un des rideaux, et qui sanglotait. Alors je me mis à genoux aussi, et je pleurai avec lui, tellement que mon cœur me semblait se fondre et s'en aller tout entier dans cette douleur, la première que j'eusse ressentie.

Mon père me releva, chercha à me faire sortir; mais je voulais rester, je ne pouvais m'éloigner encore.

« Embrasse-le, et viens! » me disait mon père.

Je n'osai pas l'embrasser, mais je baisai ses pauvres mains froides, et mon père y posa aussi ses lèvres. Puis, d'autorité, il m'emmena, il me porta presque dans l'escalier. J'entendais toujours les hurlements désespérés du petit Gauchenet, et cela me faisait mal, plus que la douleur d'une personne raisonnable. Cet idiot, ce misérable enfant méprisé de tous, était le seul qui eût deviné, compris, aimé le pauvre frère Claudien, adouci sa triste vieillesse, le seul qui n'eût rien à se reprocher vis-à-vis de lui, et en ce moment j'enviais ce témoignage qu'il pouvait se rendre, j'aurais voulu être à sa place, au prix de mon intelligence, de ma situation, de tous les avantages que le ciel m'avait donnés sur lui.

Je crois bien que le frère Régimbertus aussi se trouvait mal à l'aise, car il semblait très agité, et en nous reconduisant il chuchotait à mon père des phrases incompréhensibles, parmi lesquelles j'entendais toujours ce refrain :

« Si j'avais su, monsieur Ravenot! si j'avais donc pu deviner!... »

Mon père répondait en mots brefs; il avait les émotions silencieuses. En sortant, nous rencontrâmes le frère Cisturne. Lui-même était extraordinairement animé, et il nous accosta pour nous dire, avec ses yeux de poitrinaire étrangement brillants :

« Depuis que j'ai vu le frère Claudien, eh bien! je n'ai plus peur de mourir! »

Nous remontâmes en voiture. Nous ne parlions pas. La voiture s'arrêta devant la mairie. Alors mon père descendit, murmurant quelque chose au sujet d'un acte, d'une déclaration.

Comme il était long à revenir, je descendis à mon tour. Dans mon état d'esprit, la solitude m'était insupportable J'entrai dans l'unique salle de la mairie. Mon père parlait à un adjoint, et ce qu'il disait devait être fort surprenant, car celui-ci poussait des exclamations, levait les bras au ciel, donnant toutes les marques extérieures de la plus profonde surprise. Je ne les écoutais pas, j'avais l'esprit ailleurs, et, en attendant la fin du colloque, je me laissai tomber sur la première chaise venue. Devant moi, sur la table, un registre était ouvert; j'y jetai machinalement les yeux. C'était le registre des décès où l'on venait de dresser l'acte funèbre.

Je me détournai avec horreur; mais une phrase avait frappé ma vue, une phrase qui semblait se détacher de la page et qui maintenant revenait à mon souvenir, bourdonnait à mes oreilles, tourbillonnait dans ma tête vide, une phrase que j'avais mal lue sans doute, tant elle me paraissait invraisemblable, inexplicable; tant elle jetait dans mon esprit d'étranges conjectures.

Lentement, je revins au registre. Je me penchai, et cette fois je vis distinctement, sans doute possible, flamboyer devant mes yeux, comme un éclair, ces deux noms accolés l'un à l'autre :

« Jean, duc de Sommerive, en religion frère Claudien. »

XIV

Il repose à présent dans le petit cimetière de Sommerive, à côté de son frère Louis, sous le monument funèbre que ses amis avaient prématurément consacré à sa mémoire. Seulement mon père a changé l'inscription. Au lieu de ces mots : « Victime de son dévouement à la science, » on lit maintenant : « Victime de son dévouement à l'humanité; » et à la place du nom du duc de Sommerive, celui du frère Claudien.

C'est sous ce nom-là que je me le rappelle aussi quand souvent, bien souvent, ma pensée revient à cet épisode lointain qui cependant a tant influé sur mon existence. C'est ce qui a fait un homme de l'enfant que j'étais auparavant, c'est ce qui, à l'époque décisive que je traversais alors, m'a poussé dans la bonne voie, a modelé d'une façon définitive mon caractère encore hésitant.

Depuis je ne me suis plus égaré dans les idées fausses, dans les sensibleries mal placées. Le frère Claudien m'avait révélé le véritable héroïsme, l'abnégation sincère, la vertu, sublime et simple, telle qu'elle est vraiment. Il est demeuré mon héros, et je cherche encore à suivre son exemple, non plus dans les choses extérieures, mais dans cette hauteur de pensées, cette ardeur de dévouement, cette charité généreuse qui sont à la portée de tous.

Meg l'a compris aussi. Son cœur était trop tendre pour ne pas écouter cette touchante leçon. Elle a mis de côté ces prétentions mondaines, ces habitudes ridicules et dangereuses qui à la longue finissent par altérer les meilleures natures, par transformer une femme en poupée et sa vie en une parade aussi vaine que stérile. La vraie distinction, c'est celle du cœur, c'est par elle seulement qu'on s'élève. Nous le savons à présent. Mlle de Saint-Espérit elle-même ne se perd plus autant dans les nuages. Elle descend des hauteurs de sa rêverie à la simple pratique des bonnes actions. Quant à mon père, il n'a pas eu besoin de changer ; pourtant il est peut-être meilleur encore. Il ne parle guère de notre pauvre ami ; mais je vois bien qu'il y pense, rien qu'à la sollicitude dont il continue à entourer l'école des frères, à la patience avec laquelle il supporte les innombrables bévues du petit Gauchenet, que, en dépit de l'opinion publique, il a voulu prendre dans ses bureaux.

« D'autres qui valaient mieux que moi l'ont bien supporté, » répond-il à ceux qui s'étonnent de cette mansuétude.

Et ainsi nous tâchons, bien imparfaitement, hélas ! de suivre les traditions du duc de Sommerive, d'exploiter le dernier héritage qu'il nous a laissé : l'amour des pauvres et des ignorants.

FIN

29636. — Tours, impr. Mame.

www.ingramcontent.com/pod-product-compliance
Ingram Content Group UK Ltd.
Pitfield, Milton Keynes, MK11 3LW, UK
UKHW020229220726
13923UKWH00002B/577